陪孩子一起讀

中國寓言

劉志哲——著

和孩子一起分享，一起成長

「說真的，要不是女兒的請求，我是不會在我這個年齡再去翻寓言故事的……」朋友家華這樣對我說道。

在我們成年人的眼中，大多數人都和家華的看法一樣：寓言是寫給孩子們看的。我也這樣認為。直到有一天，我和兒子一起讀寓言，才發現寓言是我們每個人成長中和長大後都不能錯過的精神食糧。

記得那次家長會回家的路上，我反覆回味著兒子國文老師的那句話：「想提高寫作能力，就要引導孩子多讀課外書。」

第二天是週末，我早早來到書店，幾乎翻閱了那裡所有適合孩子閱讀的圖書，最後選中了兩本寓言故事。

我帶著喜悅的心情急匆匆回到家，正在做功課的兒子聞聲跑了出來，愉快地問道：「老爸，買了什麼好吃的要給我嗎？」我故意提高音量：「兩道美味大餐，夠你『吃』的啦！」兒子一看是寓言故事，立刻接過來左看右看，並且不停地說：「我早就想看啦！」看著兒子欣喜若狂的樣子，我又高興又慚愧。高興的是，我終於買了兒子真正喜歡看的書；慚愧的是，以前我總是不斷給他買各種作文輔導書，以致於兒子不願意去讀它。

把書交給兒子後，我還決定做一次全新的嘗試：和兒子一起閱讀！

晚上睡覺前，我把兒子叫到身邊，和他分享了一篇簡短的寓言故事：「有個老人在河邊垂釣，一個小孩走過來觀看。只見老人技巧純熟，沒多久就釣了滿滿一簍魚。老人見小孩很可愛，就拿出幾條魚送給他。小孩搖頭表示不要，老人驚異地問道：『你為什麼不要？』小孩說：『我想要你手中的釣竿。』老人說：『你要釣竿做什麼？』小孩說：『這幾條魚過不了多久就會吃光，要是我有釣竿，就可以自己釣，一輩子也吃不完了。』」

看完了故事，我正要給兒子講「授人以魚，不如授人以漁」的道理。兒子卻搶著說道：「如果那個小孩只要釣竿的話，那他一條魚也吃不到。因為他不會釣魚，光有釣竿是沒有用的！」

聽了兒子的話，我的臉微微一紅，看來我很有必要多讀讀寓言，換換思維了。

做為家長，我常常會低估兒子的理解力。這一次，他給我上了一課，使我深切地感受到，家長和孩子之間需要相互學習，一起成長。相較之下，兒子至少有兩個優勢：一是記憶力好，二是看問題不會侷限於條框內。他的天真和好奇之心，恰恰是我所缺少的。

這個世界曾在我們兒時的心中有過自己的模樣。雖然我們現在長大了、成

熟了，可是在面對紛繁複雜的世界時，還是會習慣性地想起童言無忌的時刻，或者想哭就哭、想笑就笑的自由時光。從這個角度上，寓言故事也可以給家長朋友們提供一個釋放壓力、放縱記憶的一個出口。

對每個孩子來說，枕著優美的寓言故事入眠，是最幸福的時刻。對每個家長來說，陪孩子度過一段溫馨幸福的睡前時光，一起分享、一起成長，是最美的期待。

從現在開始，伴著你的輕聲細語，讓一個個精彩的寓言故事悄悄地在孩子的耳邊綻放吧！

編輯推薦序

這是一本與眾不同的《中國寓言故事》

寓言故事是一個怪物，表面上它是一個故事，情節生動活潑，引人入勝，可是當你略一沉思，卻發現它突然變成了一個嚴肅認真的哲理；寓言故事又是一個神奇的萬花筒，你既可以看見五光十色的生活，又能發現它的內在意義。

說到寓言故事，就離不開中國寓言故事。

我一直認為，中國寓言故事就是中國傳統文化和民族智慧的一個重要組成部分。它不僅具有極高的文學價值，同時還兼具深厚的思想內涵。可以這樣說，如果一個人不瞭解中國寓言故事，那麼他就根本無法完整、深刻地認識中國文學，更不必說能夠對中國人的思想達到一定程度的理解了。所以，閱讀中國寓言故事，是每個人從青少年時期就必須進行的必修課。

那麼，中國的寓言故事是如何產生的呢？

春秋戰國時期，正值百家爭鳴的時代，那些有思想、有見地的人都想將自己的政治主張和哲學觀點表達出來，為更多的人所接受，特別是希望能夠得到

天下諸侯的青睞。那麼，如何表達別人才願意聽呢？最好的方法就是用假托的故事，或自然物的擬人手法來說明某種道理或教訓，以達到勸誡、教育或諷刺的目的。於是，孟子這樣做了，莊子這樣做了，列子也這樣做了，慢慢地，寓言故事便產生了，一直流傳至今，成為我們享用不盡的精神財富。

相對於其他寓言故事，中國寓言故事有自身獨有的特點：在題材上，以人物故事為主，動物故事退居次要地位；在思想上，中國寓言故事並不像西方寓言故事那樣直接面對現實、具有世俗性質，而是具有濃重的政治倫理色彩；在體式上，以散文為主，側重議論、敘事。

本書精選的寓言故事都是在中國歷史洪流中沉澱下來的精華。作者在敘述過程中所運用的語言通俗易懂、生動有趣，蘊含著深刻的哲理。在書中，有違背規律的「揠苗助長」，有不知變通的「截竿入城」，有得遇知音的「高山流水」，有自欺欺人的「掩耳盜鈴」，有勵志向上的「愚公移山」，有講學習方法的「邯鄲學步」……這些故事無不表現了寓言的根本特徵：以比喻性的故事寄寓意蘊味深長的道理，給人啟示。基於此，作者的寫作落實在開掘寓言的哲理層面上。概括地說，就是透過對一個個寓言故事的剖析和評說，用其中蘊涵的智慧來解答我們心中的困惑，照亮我們的人生。

如果你讀過其他版本的中國寓言故事那就更好了，你會發現本書有很多不同之處：

一、本書不是對原作的照搬，也不是對後人譯作的模仿，而是根據原來的故事進行重新創作。作者以人的美德、智慧、盲點、缺陷、態度、思維等來組織寓言素材，內容具有很強的現實針對性。

二、內容豐富，語言優美，閱讀其中就如同進行一次審美旅遊。故事所蘊涵的深刻道理，更是有助於我們理清自己生活中所面臨的重大問題。

三、篇後增加了智慧指點，別看文字不多，卻跳出了歷史的侷限，賦予了全新的意趣，發揮出畫龍點睛的功效。

正由於本書在同類圖書中有著不同尋常的意義，才有了結集面世的必要。

另外，這本普及傳統文化和進行人生教育的理想讀物，不僅適用於個人閱讀，也適用於教學相關的輔助資料。

現在，這塊別開生面的寓言園地已經敞開了懷抱，歡迎讀者朋友第一時間走進來盡情領略！

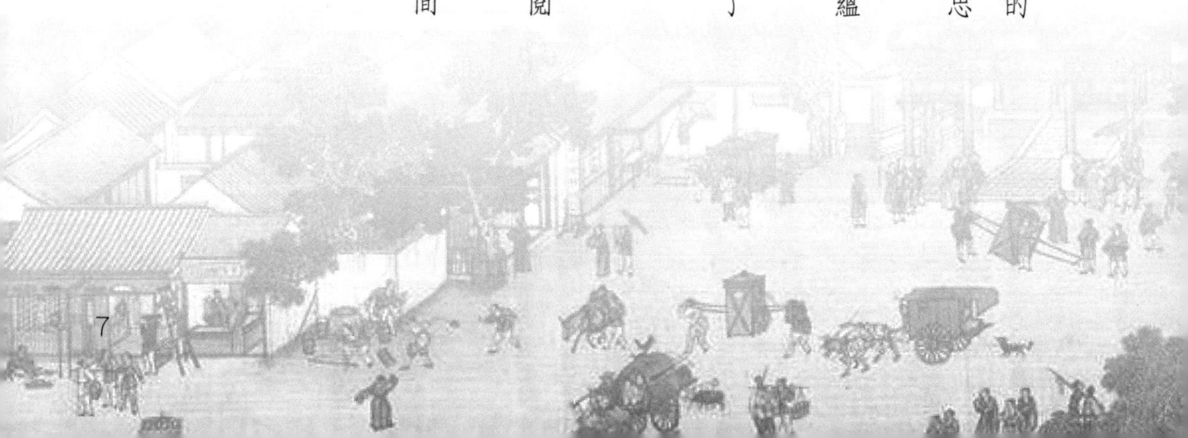

目錄

第三章 那些智力上的盲點

第四章 那些性格上的缺陷

第五章 那些人生的態度與認識

第六章 那些微妙的選擇和道理

第七章 那些精妙的行為與思維

前言

瞭解中國寓言的第一堂課

中國寓言可謂源遠流長，早在先秦時期就已經具備了雛形，比伊索寓言產生的時代還要早五百多年。它是在一般譬喻的基礎上開始發展，經過了一個由文詞簡約趨於豐富、哲理淺顯趨於深刻、人物情節缺乏而趨於故事完整的演變過程。

在漫長歷史發展進程中，中國寓言經歷了五個發展階段，即先秦時期的說理寓言，兩漢時期的勸誡寓言，魏晉南北朝時期的嘲諷寓言，唐宋時期的諷刺寓言，還有明清時期的詼諧寓言。

先秦時期是中國寓言產生和蓬勃發展的時代，其中以戰國時代的寓言成就最高。當時的寓言作品集中在諸子散文裡，為闡述不同流派的政治主張和哲學觀點服務，被稱為「哲理寓言」。比如，「揠苗助長」（《孟子》），講了一個愚蠢的宋國人想讓禾苗按照自己的意願快快長高，就把禾苗拔起一點，來幫助它成長，結果落得一個相反的下場。比喻違反自然發展的客觀規律，急於求

成，不加思考，反而把事情弄糟。

「濫竽充數」（《韓非子》），說的是齊宣王喜歡聽三百人一起吹竽，南郭處士也來應徵樂師，其實，他撒了個彌天大謊，自己壓根就不會吹竽。每逢演奏的時候，他就捧著竽混在隊伍中，臉上裝出一副動情忘我的樣子，看上去和別人一樣吹奏得挺投入，看不出什麼破綻來。齊宣王死後，他的兒子齊湣王繼承了王位。齊湣王喜歡聽人一個一個地獨奏，南郭處士就只好逃走了。這則寓言諷刺了那些無德無才、招搖撞騙的人，提醒人們只有嚴格把關，混事的人才會無所遁身。

此外，「刻舟求劍」（《呂氏春秋》），「愚公移山」（《列子》），「畫蛇添足」（《戰國策》）等等，也是內容生動，寓意深刻。

兩漢寓言的題材和手法大多因襲先秦，其主旨是維護封建王朝的長治久安，希望透過寓言來宣傳歷史的經驗與教訓，在政治上、生活上，給人們勸戒，可稱為「勸戒寓言」。比如，《新序》中的「葉公好龍」，講述了葉公愛龍成癖，可是當天上的真龍來拜訪時，他立刻被嚇得轉身就跑，好像失了魂似的。這則寓言不單是關於喜好的問題，更深入地是關乎滿足一己虛榮心的賣弄。《理惑論》中的「對牛彈琴」、《風俗通義》中的「杯弓蛇影」等也都是膾炙人口之作。

魏晉南北朝是中國歷史上的一個重大轉變時期，文學藝術具有明顯的過渡性質，寓言的創作也是一樣。

到了唐宋時期，中國古代寓言迎接第二個創作高潮。這一時期的寓言特點是諷刺性加強而哲理性減弱，可稱之為「諷刺寓言」。比如，大文學家歐陽修寫的《賣油翁》，講述了這樣一個故事：康肅公陳堯咨擅長射箭，絕世無雙，他憑藉這個本領自我誇耀。賣油的老翁卻不以為然，他用勺子把油倒入葫蘆中，油從銅錢孔中流入，而銅錢一點也沒有被沾濕，進而揭示了熟能生巧的道理，並諷刺了賣弄才藝，沾沾自喜的陳堯咨。這一時期，在佛經翻譯中，還引進了外國部分寓言。

元末明初及明中葉以後，曾掀起兩次寓言創作高潮。其特點是冷嘲熱諷的笑話成分增多，其中很多寓言可稱之為「詼諧寓言」。這個時期出現了的寓言作家有劉基、劉元卿等。

本書從先秦、兩漢、魏晉南北朝、唐宋、元明清五個歷史時期的古代典籍中精選了85個寓言故事，用通俗易懂的白話娓娓道來。這些寓言飽含著生活的經驗與古人的感悟，煥發著智慧光芒和道德色彩。看過之後，你會從中領略到和其他寓言完全不同的中國古典寓言風格，體會到中國傳統社會所尊崇的道德力量，進而掃除自身智力上的盲點，改正性格上的缺陷。

值得一提的是，本書和其他中國寓言故事書所不同的，也是最具特色的地方是，作者用一到四個經典的字詞概括出每個寓言最核心的要義，使讀者能夠更快、更準確地把握到每個寓言故事的精髓。

現在，就讓我們快快翻開這本書，在無限閱讀的樂趣中來學習先賢們的智慧吧！

第一章

那些中華民族的傳統美德

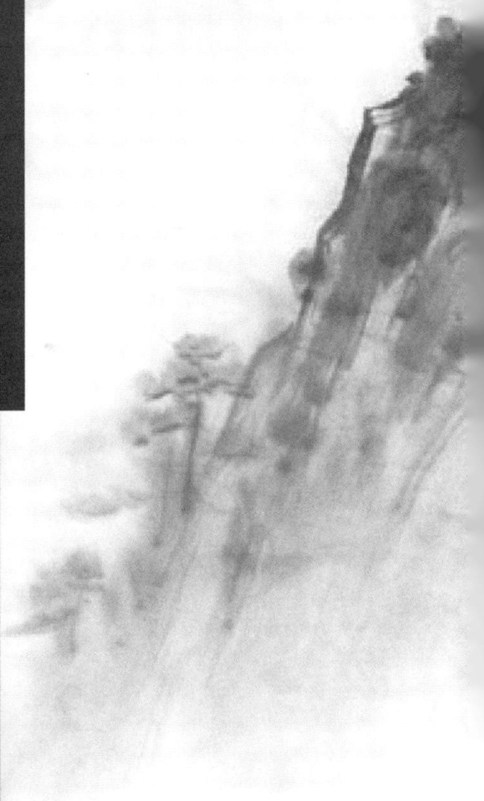

紀昌學射——實

古有神射手名喚甘蠅。說起這個人，凡是見過他拉弓射箭的人都會翹起大拇指，說句確實了不起，只要在他目光所及的範圍之內，天上飛的、地上跑的統統跑不出他的弓弦之下，因此甘蠅的生活富裕，還常常接濟鄰居們，好名聲也漸漸的傳揚了出去。

鄰村一個名叫飛衛的青年因此慕名前來要拜甘蠅為師，甘蠅見他天資聰穎、人品忠厚便答應了下來。果然，經過不懈的鍛鍊，飛衛成為甘蠅之後舉世罕見的神射手，甚至有人說他的箭術超越了他的老師。

命運的輪迴總是如此相同，在飛衛慢慢衰老的時候，有個名叫紀昌的年輕人找到了他，希望能拜他為師。飛衛看到這個年輕人便想起了自己拜師時的樣子，不由得笑道：「這些年來找我學藝的人有很多，可是他們一個也沒有成功，因為他們沒有一個人能夠按照我的方法堅持到最後，你有信心承襲我的箭術嗎？」

紀昌道：「我變賣了家產，走了許多地方只為了拜您為師，希望您可以教導我。」

飛衛道：「既然這樣，你先回家吧！學會在任何情況下，眼睛都能保持一眨也不眨的時候再來見我，這便是我要你做的第一步。」

紀昌連聲答應，回到家中後便開始細心琢磨。

紀昌發現眼睛在看移動的物體時是最容易累的，也是最容易眨眼睛的，心裡便暗暗有了主意。第二天，他躺在妻子的織布機下，快速移動的機件和顏色豔麗的絲線，只要盯上一小會兒眼睛便痠澀，緊接著就是疼痛，再支撐下去便會流出淚來。偏巧紀昌是個死心眼的人，就是在這樣的情況之下，他也一動也不動，認真堅持，慢慢地，眼睛開始適應，甚至在這種情況之下，他發現自己的心也是越來越安靜。

兩年之後，紀昌面對織布機時眼睛可以一眨也不眨，甚至妻子開玩笑拿針裝作去戳他的眼睛，他依然能睜眼不閉。達到這種程度後，紀昌來到飛衛的家中，高興地向他報告了這個消息，並問下一步要怎麼做。

飛衛點點頭道：「目前只是第一步，算是給眼睛打好了一個基礎，下一步要做到從小見大，模糊見清才可以。」

紀昌道：「這個我不太明白，希望老師說明白些。」

飛衛道：「這樣吧！你回家找個小東西，離它遠遠的，何時你看它變大了，變清楚了，再來找我。」紀昌點頭稱是。

回到家中，紀昌已是衣衫襤褸，身上還長了蝨子，奇癢難耐，他不由得心中一動，捉了一隻蝨子，又找來了一根極細的牛尾巴毛，將蝨子吊在了自家的天窗上。然後，自己找個凳子日日坐在屋內目不轉睛地盯著這隻蝨子。

此時，為了學箭，紀昌已是家徒四壁，妻子也離他而去，鄰居們都說他瘋了，平日裡看他一個人呆呆看著天窗不動，便接濟他一碗飯吃。紀昌不管這些，每日仍是對著那隻蝨子目不轉睛地看。三個月之後，紀昌覺得那隻蝨子好像慢慢變大了，自己能看出這隻蝨子乾癟了，於是換隻新蝨子繼續看。

不知不覺過了三年之久，紀昌覺得自己眼中的蝨子越變越大，好像一個車輪，漸漸地，他能看到這隻蝨子身上的紋路，前足後足哪對足比較大，甚至看到蝨子有一隻足的右下方還受了傷。他試著自己拉弓，向蝨子射去，誰知利箭竟然真的如他所願穿過了兩根牛尾毛的中間，而且牛尾毛沒有被射斷。看到自己的進步，紀昌開心極了，立刻跑去向飛衛報告了這個消息。

這次飛衛再也不是上次平淡的樣子，他拍著紀昌的肩膀連連說道：「太好了，你現在已經具備了一個神射手最需要的素質，剩下的技巧我會一一傳授給你的。」

三年之後，紀昌成為了當時最有名的神射手。

智慧人生

學會一項技藝，尤其是頂尖的技藝，是沒有捷徑的，只能一步一步、紮紮實實地前進，並且在這個過程中，很有可能遇到你想像不到的困難。

紀昌的成功在於他有足夠的決心和毅力，由淺入深，循序漸進。舉凡我們任何一個平凡人，恐怕都不會以這樣的代價去學一門這樣的技藝，更何況，像文中的這種練眼技巧，實在有待考究，請大家不要隨意模仿哦！

愚公移山──堅

古時冀州之南、黃河北岸本來不是一片平地，而是矗立著兩座大山。根據記載，這兩座山方圓約有七百里，高七、八千丈，人稱太行、王屋。

相傳，在太行山北面的山腳下，有一個小村子，村裡住著一戶人家，戶主是位年過九旬的老人，因為平時做事比較不知變通，所以被村裡人戲稱為「愚公」。

愚公家的大門正對著太行山，他面對這座大山已經過了將近一輩子了，照理說已經是非常習慣了，可是在某天早晨起床後，突然有了一個奇妙的想法：把山鏟平，讓子孫後代看看山的那一邊是什麼樣的風景。

當天，他就召集全家老小開了個家庭會議。

愚公說：「我現在已經九十多歲了，總想在離開人世前做點什麼。我想了很久，決定集合全家人的力量，把這兩座山鏟平。」家裡的其他人聽了都覺得這個主意很好，於是紛紛贊同。只有愚公的妻子覺得很不妥：「憑你的力量，連那座叫魁父的小山恐怕都鏟不平，更別說太行、王屋了。」愚公說：「我心意已決，不用多說。」愚公的妻子又道：「好吧！你是一家之主，我不能反對你的意見，不過鏟下來的土石放在哪裡呢？」家裡的大兒子立刻說道：「把土石放在渤海的邊上，隱土的北面。」

這件事就這樣商定了下來，於是愚公帶著自己的子孫第二天便開始了搬山大計。他們把石頭鑿下來，挖掘泥土，再把這些搬運到渤海之側。鄰居家七、八歲的孩子覺得很有趣，平日裡也來幫忙，就這樣冬夏換季，大家便回家一次。

愚公移山的事情漸漸傳開，很多人對此議論紛紛，河曲的一位智者聽到了這個消息，特意跑來阻止道：「老哥，你這事做得太不聰明了，你這麼大的年紀，為什麼不在家享享清福？按照現在的進度，你能在有生之年把這兩座山移走嗎？」

愚公看著他長嘆一聲道：「你的思想真是太頑固了，到了完全不能變通的地步，還不如小孩子。我的目的是要把這兩座大山移走，即使我不在了，還有我的兒孫在做這件事情，即使有一天他們不在了，也會有他們的後代來接著完成這件事情。而太行、王屋是不會增大的，也許一百年，也許一千年，總有能把它們鏟平的時候。」

這爭論傳出去後，人們對於愚公充滿了敬意，來幫忙的人也越來越多。這下子驚動了太行、王屋的山神，這位山神聽了愚公的言論也想不出什麼對策來，可是這樣挖下去，這兩座山可能不保。這倒讓山神有些害怕了，就向天帝報告了這件事情。

天帝聽到這件事情，對愚公的誠心褒獎有加，便命令誇娥氏的兩個兒子背走了兩座大山，一座放在雍州之南，一座擱在朔方之東。

一夜之間兩座大山不見了蹤影，人們眾說紛紜，只有愚公微笑著回家，他終於能睡一個好覺了。

智慧人生

一件事情的成功可能不在於你多聰明，而在於你有多堅持。有人說「勝者為王」，其實在很多時候都是「剩者為王」，當大家都不在堅持，對一件事退縮了，而你堅持下來了，成為了剩下的那個人，那麼成功者就是你。

鐵杵成針——耐

不管是什麼樣的大人物，總不是生下來就會寫字讀書的，總會有某個契機給自己不一樣的領悟。唐朝著名的大詩人李白，他的成長契機就源於一個磨針的老婆婆。

李白這個人，少時聰穎思敏，別人一天只能識的十幾個字，他一日便是別人幾倍的速度；別人背文章可能花一天才能記熟，他只需要誦讀幾遍便可輕易默寫出。因此，李白總覺得讀書枯燥無比，不明白這些到底有什麼益處。長輩總是勸李白多讀些書，說「書中自有黃金屋，書中自有顏如玉」，他卻不知哪天才能得到「黃金屋」、「顏如玉」，總覺得這是騙人的說法。

少年總愛調皮貪玩，外面有太多新鮮的事物吸引他，對於功課，李白其實並不用心，只要沒有老師盯著，總會找機會出去玩。他的父母和老師對此無可奈何，但免不了對旁人抱怨。鄰居家有位姓林的婆婆，聽到這件事，便笑著對李白的父母說：「這件事情你們不必著急，我有辦法。」

一日，趁教書先生出門應酬，李白又故技重施溜出門去玩。走著走著來到了小河邊，遠遠看見有人向他招手。李白走近一看，原來是鄰居家的林婆婆。往日裡林婆婆很疼愛李白，因此李白也很願意和這位老人親近。

這日有些奇怪，林婆婆正拿著一根鐵杵在石頭上打磨，李白開口問道：「婆婆，您有什麼要緊的事情要辦嗎？為什麼要磨這根鐵杵呢？」

林婆婆笑著道：「我啊！想要根繡花針，家裡只有這根鐵杵，等磨成針我便可以用了。」

李白大吃一驚：「這麼粗的鐵杵，怎麼可能變成一根繡花針呢？我家裡還有很多針，我可以送給您幾根。」

林婆婆道：「我雖然在磨針，可是同時磨的也是自己的性子，你看這鐵杵雖然粗大，可是我天天打磨它，總有一天會變成繡花針的。這和你的功課其實是一樣的，必須要耐下性子，慢慢地打磨自己，才能從書中得到真正有用的東西。」

李白是個聰明的孩子，立刻想到自己身上，他看看林婆婆，再看看自己，只覺得心中十分慚愧，就告別了林婆婆跑回書屋。

自此之後，李白牢記了「只要工夫深，鐵杵磨成針」的道理，每日發奮讀書，終於成為了大詩人。

智慧人生

「鐵杵磨成針」的故事給了我們正反兩個啟示：只要有恆心，任何事情都會成功的；做事情要找對方法，尋找最佳解決途徑。

和氏之璧——韌

在我們的許多文獻中，總會看到有人形容某件寶物珍貴無比時用「和氏之璧，隋侯之珠」來比喻，這和氏璧究竟是什麼呢？

史料記載，和氏璧平圓形而中心有孔，杜光庭在《錄異記》中曾稱此璧的顏色為「側而視之色碧，正而視之色白」，而且觸感溫潤，能在夜裡發光，光彩照人，故又稱為夜光之璧。和氏璧為千古難得一見的極品玉器，歷代帝王都將它視為掌握天下政權的憑證。

相傳，楚國有一人叫卞和，以採石為生。有道是黃金有價玉無價，他憑藉自己甄別玉石的本事，生活漸漸好轉，但採石的工作在那個時候還被認為是低賤的工作，這點常常讓卞和十分尷尬。

有一天，卞和在楚山採石時發現了一塊未經雕琢的玉石。憑藉著多年的經驗，他斷定石頭中藏著的是難得一見的寶玉，就決定帶著這塊玉石去獻給當時的君王——楚厲王。

楚厲王得知這個消息後，立刻派手下的玉匠前來鑑別，可惜的是，這位玉匠是雕琢玉石方面的行家，但對於如何從一塊石頭的表面分析出是否內含寶玉並不在行。對自己君主的提問，這位玉匠不可能承認自己不會看石，於是便向楚厲王稟告，這只是塊普通的石頭。

楚厲王大怒，命人砍掉了卞和的左腳。

可憐的卞和無辜遭此橫禍，家中人聽到這個訊息，幾乎嚇暈了過去。自此，卞和再也不能進山採石了，每日在家，抱著這塊玉石若有所思。過了十幾年，厲王駕崩，即位的是楚武王。卞和再一次捧著玉石去獻給楚武王，此時武王手下的玉匠已經換人，但是因為世襲的緣故，這個玉匠正是上任玉匠的後人。他看到卞和如此堅決，心中早已明白石中或許真有珍寶，但是此時承認，朝廷必然會追究當年自己先輩誤斷之罪，因此他也一口咬定，這就是一塊普通的石頭。

武王聽後，命人砍掉了卞和的右腳，並派人把他扔到了楚山腳下，永遠不能進入宮廷。此後的十幾年，許多人都說卞和瘋了，他不聽家人的勸阻，每日抱著玉石在山腳下爬來爬去，逢人就說這是塊寶玉。

武王死後，文王登基，不久便有消息傳出，卞和每日抱著玉石在楚山腳下嚎啕大哭，已經連哭了三天三夜，這些日子眼淚已經流乾了，滴下的全是血水，看者傷心，聞者流淚。楚文王聽到這件事後，覺得十分蹊蹺，便派人偽裝成路人去向卞和詢問痛哭的原因。

卞和道：「被砍了雙腳並不是讓我最難過的事情，我只恨這個世道黑白不分，乾坤顛倒，寶玉被污蔑成石頭，忠誠為歪曲成欺騙，哪怕再將我砍成十段、八段，我還是要堅持自己的看法！」聽到這樣的回答，楚文王便命人將卞和請進宮，讓玉匠直接開鑿查驗，果然從石頭上發現了無上美玉。

楚文王大喜，重賞卞和。後來，世人為了紀念卞和，便稱這塊寶玉為「和氏之璧」。

智慧人生

當初那兩代楚王沒有眼光、不識貨，才把寶玉被當成石頭，卞和因此被砍去了雙腳。不過，卞和也應該反思自己：假如他能夠主動地把玉雕琢出來，之後再去獻寶，結果會是怎麼樣？不僅僅不會喪失雙腳，還會有很豐厚的回報！

熟能生巧——練

歐陽修的《賣油翁》裡記載著一個非常有趣的故事：古代有一個人叫陳康肅，號堯咨，此人箭術當世無雙，但就是有個毛病，不夠謙虛，經常向別人誇耀自己的箭術。當然，恃才傲物的人都是有實力的，不如他的弟子們在陳康肅自誇時經常溜鬚拍馬，自嘆不如；而一些心有不滿的人在見識過他的箭術後，也就對他的態度不那麼放在心上，只是會離這個人遠一些，以免自找不痛快。久而久之，陳康肅身邊聚集的全都是想從他那裡學習箭術的人，每個人都對這位箭術專家極力誇讚，陳康肅也變得越來越自大。

有一天，陳康肅帶著他的弟子們到自家院前進行練習，大家比拼箭術，吸引了不少的人前來觀看。最後壓軸表演的自然是陳康肅自己，只見他舉弓搭箭，一連十箭，箭箭正中紅

心，圍觀者掌聲如雷。

陳康肅心中十分得意，這時他發現人群中有兩個人只是微微點頭，並不像其他人那樣驚喜。陳康肅心中十分不舒服，撥開人群走上前去，發現只是一個帶斧頭的工匠和一個賣油的老翁，心下越發不滿，沉聲問道：「兩位也會射箭嗎？覺得我的箭術如何？」工匠笑而不答，賣油的老翁摸摸自己的鬍子道：「我們兩個雖然不懂箭術，但也能看出你的箭術雖好，只不過是平常的技術，並沒有覺得有什麼需要特別誇耀的地方。」這句話一出，陳康肅的馬屁弟子們立刻叫囂起來：「竟敢如此說我們的師父，不知死活，要不要和我們的師父比試一下？」

那老翁笑了一下道：「比射箭我可不行，不過如果是倒油的話這倒是我的本行。」這句話一出，遭到在場人的哄笑，倒油這種事情誰不會啊！緊接著，老翁從自己身上取下一個葫蘆，這葫蘆的口很小，換算成現在的度量衡大概只有5公分的直徑，老翁又從自己身上取下了一枚銅錢放在葫蘆上，銅錢的直徑更小，大概只有3公分的樣子。只見老翁一手舉著葫蘆，一手舀了一杓油，手輕輕一歪，油杓中的油便如一條細線一樣，筆直流入葫蘆中，倒完之後，老翁取下了銅錢，在場的人一片譁然，原來那銅錢上竟然一點兒油都沒沾到。

只見老翁對工匠說：「要不你也來露一手吧！」工匠點點頭，從院中的樹上取下了一小塊樹皮。老翁把樹皮放在了自己的鼻尖，在場的人還來不及反應，只見工匠舉起了自己的斧頭，一聲大喝向老翁的臉部劈去，當時就有人驚聲尖叫起來，誰知斧頭到老翁鼻尖前停住了。有膽子大的人上前一看，只見樹皮被劈成了兩半，但老翁安然無恙。在場的人無不嘖嘖稱奇，紛紛稱讚這兩人的技藝高超。

老翁謙虛地說：「這也只是一種普通的技術罷了，我們從小就開始練習自己的手藝，到如今已經幾十年了，每日刻苦的訓練，這便是熟能生巧的道理啊！」

陳康肅聽到此話十分慚愧，自此之後，每日勤加練習，再也不向別人誇耀自己的箭術了。

智慧人生

一件事你做一百次、一千次都沒什麼變化，但如果你肯花時間不斷重複下去，總能發現你和別人在這件事情上會有不同的表現，這就是熟能生巧的道理。

破釜沉舟——絕

這個故事來自於歷史上一個真實的人物——西楚霸王項羽。項羽此人，出身名門，祖上是楚國名將項燕，因為父親早亡，項羽便由叔父項梁帶大，關於項羽少年最有名的事情自然就是那個「不肯念書、不肯學劍，但求萬人敵之術」的故事，因此項羽在少年時學習最多的便是軍事兵法，加上叔父項梁善於結交各路英雄，小小年紀的他已經是經歷過大場面的人了。

西元前兩百一十年，秦始皇在回咸陽途中病死。第二年，胡亥即位，史稱秦二世。這位新君王沒有他父親的鐵腕手段，卻被太監趙高牢牢控制在手中，搞得天下大亂，不久就傳出陳勝和吳廣在大澤鄉起義的消息。此時的項梁和項羽認為為楚國復仇的機會已到，便殺掉了當地的太守，召集了八千江東子弟，起兵反秦。

後來，項梁被秦國大將章邯在定陶偷襲得手，自己也命喪於此。

領袖的死對士氣的打擊很大，不過也給了這支隊伍一個契機。項梁死後章邯認為這支楚軍再無反擊的能力，因此專心圍困當時佔據巨鹿的趙歇。趙歇被圍困的彈盡糧絕，只能四處求援，項羽便和宋義一道前往巨鹿增援。他們到了地方才發現另有兩路援軍已到，但礙於秦軍的作戰力，誰都不想碰這個釘子。見此情形，膽小怕事的宋義便猶豫著不肯再前進一步，為了怕項羽鬧事，還加了一道軍令。

項羽一直跟在叔父身邊，此刻被宋義如此禁錮，哪裡能耐得住性子，更何況一起前來的江東子弟們個個都在摩拳擦掌準備和秦軍大戰一場，現在聽說主帥在軍帳中尋歡作樂，早就議論紛紛。項羽怒從心中起，第二日便衝進宋義的軍帳，要求出兵，在被拒絕後，一刀斬下了宋義的腦袋。此舉大快人心，手下的將士們都擁戴項羽為將軍。

項羽立刻下令全軍集結，發布的第一個命令便是讓每人自帶三天的乾糧，然後砸碎軍營內所有行軍做飯的鍋盆。看到將士們不解的眼光，項羽道：「我們這次任務是奇襲，所有人都要輕裝上陣，砸碎的鍋盆不要緊，我們只需要三天，便能直取章邯的軍帳，到時候他們大營的東西都是我們的，大家還愁沒有飯吃嗎？」將士們點頭稱是。

當夜大軍便渡過了漳河，項羽又命人將所有的渡船全部鑿沉，同時燒掉了所有的行軍帳篷，並向將士們大吼道：「此次援救，只許成功，不許失敗，現在我們已經沒有任何退路

了，一個字：殺！」將士們見退路沒有了，反而安下心來，一個個怒吼著準備和秦軍拼命。

驕傲的秦軍沒想到會遇上這群虎狼之師，秦軍九戰九敗，損失慘重，章邯不得已只能帶著殘兵逃之夭夭。

智慧人生

人們用「破釜沉舟」比喻有進無退的堅定決心。在成就事業時，就應該懂得無論是學習或工作都猶如逆水行舟，不進則退，只有不斷進取，堅定不移地向目標衝刺，才能取得最後的成功。

曹沖秤象——穎

曹沖，字倉舒，是曹操最寵愛的小兒子，十三歲不幸夭亡，太和五年，被加封諡號鄧哀王。

曹沖生性聰穎，七歲的那年，吳國君主孫權送給曹操一隻大象，這種動物在當時可是罕見物，包括曹操本人都從未見過，因此在大象到來的那天，文武百官跟隨著曹操一同觀看。做為曹操最寵愛的兒子，曹沖直接跟在父親身旁，興奮不已。

只見這隻大象高約一丈，身體灰色，耳大如扇，四肢粗大如圓柱，有一隻長長的鼻子，鼻子旁還有兩隻長長的象牙。人走近了觀看，發現自己的身高還不到象的肚子。大家對這個從來沒見過的龐然大物議論紛紛。有一人問道：「你說這隻大象，有上萬斤重嗎？」旁邊一人道：「我覺得八千斤足矣。」兩人爭執不下，漸漸引起了曹操的注意。

曹操笑道：「不妨秤秤看，秤出重量的人有重賞。」

大家紛紛出主意，有的人說，我們就依照這大象的身高、身長造出杆大秤，不就能把重量秤出來了嗎？立刻有人反駁，這要造多大一桿秤，所需花費甚重，而且就算是造了出來，誰有那個力氣去秤呢？

又有一個武將說道，既然整隻的大象不好秤，那索性讓我拿斧頭剁了牠，一塊一塊的秤不就結了。此話一出，哄堂大笑，誰會為了秤重量去宰這樣一隻珍貴的動物呢？

文武百官左右為難中，正在此時，曹沖跪在曹操面前說道：「父親，我有辦法把這隻象的體重秤出來。」曹操笑著道：「這麼多人都沒想出辦法來，你有什麼好辦法，先說出來聽聽。」曹沖道：「我的辦法沒有問題的，父親只管看就好了。」曹操見兒子胸有成竹的樣子，便答應了。

曹沖先命人在河岸邊準備一艘大船，再讓人將大象牽來，然後和曹操前往河邊，文武百官也很好奇，連忙跟上。到了河邊之後，曹沖看到有人已經按照他的吩咐將大象牽到了船上，等到船身穩定的時候，命人在船舷齊水面的地方，刻下標記，再讓人把大象牽回籠子裡。

緊接著，吩咐人將岸邊所有能用的石頭集結起來，一塊塊的往船上運，船身吃重，開始慢慢往水中沉，等船身沉到剛剛做標記的時候，曹沖便讓人停止再往船上運石頭，然後讓人將這些石頭秤重。

此時，剛剛還摸不清是怎麼回事的大臣們紛紛叫好，稱讚曹沖聰穎過人。曹操看到自己的兒子解開了這道難題，不由得大喜，便更加寵愛曹沖了。

智慧人生

實際上，曹沖所用的方法是「等量替換法」。用許多石頭代替大象，在船舷上刻劃記號，讓大象與石頭產生等量的效果，然後一次一次秤出石頭的重量，使「大」轉化為「小」，這一難題就得到圓滿的解決。這也說明，聰穎的人善於觀察生活，並以不同的思維視角來發現問題、解決問題。

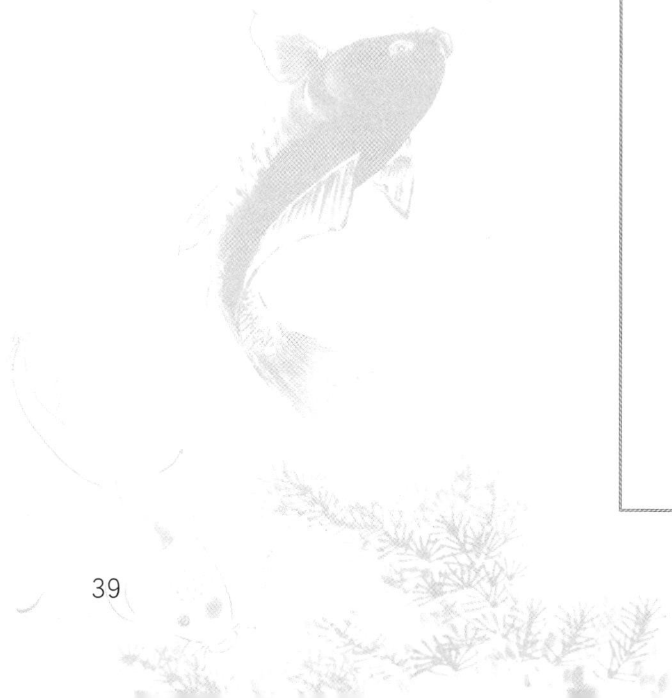

許綰建臺——敏

有一天，魏王突發其想，想造一座臺閣，他的想法是這座臺閣的高度應該恰好等於天與地距離的一半，甚至連這座臺閣的名字都想好了，叫「中天臺」。

第二天，他宣布了這項決定，臣子們都覺得這是一個荒唐而可笑的決定，他們用謙卑而堅定的語氣來勸阻，說明這個任務的是不可完成的。這在魏王看來簡直就是要造反，他下令：凡是有來勸阻的，一律殺無赦！這個命令一出，臣子們都不敢說什麼了，畢竟每個人都很珍惜自己的性命。只是眼見魏王召集工匠要開工，個個心急不已。

就在此時，有個叫許綰的人卻背著筐，拿著工具跑到皇宮外求見，聲稱身為魏王子民想為

建造中天臺出一份力。一直以來，魏王聽到的都是勸阻之言，現在居然有人主動上門來要求出力，魏王自然是喜出望外，連忙讓人把許綰叫到身邊問道：「大家都反對我，你為何贊同呢？」

許綰答道：「大王想造這樣一座高臺，可以顯示我魏國欣欣向榮的景象，我聽到這個消息感到十分振奮。」

魏王心花怒放，連忙問道：「不知道先生在哪些方面能夠幫助寡人？」

許綰答道：「我的幫忙也是有限的，不過我精通工程的籌劃工作，大王盡可以把先期的準備工作交給我。」

魏王點頭道：「不知道先期需要準備些什麼呢？」

許綰答道：「如果大王將這件工作交給我，首先就是訓練魏國的精兵，養好戰馬，囤積好糧草。」

魏王大驚：「我只需要造中天臺，不是要發動戰爭。」

許綰不慌不忙地問道：「大王想要造中天臺，是希望這座臺閣是天地間距離的一半吧？」

魏王答道：「正是如此。」

許綰說：「按照古籍記載，天地間距離為一萬五千里，既然中天臺的高度要是它的一半，那麼就意味著我們需要造一座高七千五百里的臺閣，想要支撐這樣的高度，那臺基起碼需要方圓八千里的地方才能容得下，可是大王您現在所有的國土也不夠修這座臺基的。所以為了您的中天臺，您首先要把周圍所有各諸侯國的領地全部佔領，這是第一步；可是據古書所說，古時堯舜所有的諸侯國總共也只有五千里的面積，所以，佔領那些諸侯國還是遠遠不夠的，你還需要接著攻打那些蠻夷之地；但是把這些地方攻打下來，湊夠了這八千里土地還是不行，因為造臺需要材料、人力和倉庫的儲藏，都要數以萬億來計量，估計八千平方里之外，應當定為農田的地方，要足夠供給國王建臺用的，建臺的條件具備了，才可以建了。」聽完許綰這番話，魏王驚訝得目瞪口呆，建造中天臺的計畫就這樣被他灰心喪氣地打消掉了。

智慧人生

對待上司要有對待上司的態度，上司說對就是對，不對也對，而想讓這件不對的事情取消，唯一的辦法只有讓上司自己感到這確實是件不對的事情。因此，在勸說的過程中要注意循循善誘，肯定再肯定，形成正正得負的效果，給上司留足面子，這才是一個好下屬應該精通的技巧，在職場尤其如此！

任公釣魚——勇

任國公子經常對別人說自己善於垂釣，是天下無雙的釣魚好手，但事實上從來沒人見過他釣到過魚。俗話說得好，耳聽為虛，眼見為實，周圍的人紛紛表示不信，有的人還笑話道：「你的魚恐怕都是在夢中出現的吧！」任公子搖搖頭說：「我這樣天下無雙的好手，要釣的自然就是這世上舉世無雙的大魚。」別人自然毫不在意地調笑道：「那什麼時候能讓我們見見這條舉世無雙的大魚呢？」任公子認真地說：「目前正在準備。」大家哈哈大笑，還是表示不信。

就這樣過了些日子，突然有一天，有人說看到任公子做了一個比人的手臂還大的魚鉤，緊接著再過了兩天，又有人說，看到任公子在這魚鉤上繫了和人腰那麼粗的黑繩，再過了十幾天還有人說，任公子買了五十頭牛，

說要用這些來做釣餌。這些消息一傳出，許多人都十分好奇，莫不是這個人真的要開始釣魚了？

過了幾天，有人說任公子帶著自己家的下人，拿著準備好的這些東西，直奔會稽山而去，恐怕是真的要釣魚了。一些人聞風而去，想看看任公子到底如何釣魚，又能釣上什麼樣的魚來。到了目的地，只見任公子帶領下人們把那巨大的釣竿投向東海，然後所有的人都安安靜靜地等待著魚前來咬鉤，可是一天、兩天過去了，投下的鉤子根本沒有任何的動靜，許多人失望地離開了；一個月、兩個月過去了，依舊沒有任何可能出現魚的痕跡，所有的人都失望地回去了。從那以後再有人提起任公子，大家都會說這是個只會說大話的傢伙。

時間過得很快，一年就這麼過去了，在大家都已經淡忘了曾經有這麼一個人，都淡忘了曾經嘲笑過這個人的時候，突然傳出一個消息：任公子釣到了一條大魚！據知情人說，當時大家只看到一個巨大的黑影一晃而過，原來是這條大魚一口便吞下了五十頭牛沉入水底。任公子和下人們費了許多的力氣才拉住釣竿，拼命的往上拖，這條大魚被釣上岸的時候還在不斷掙扎，尾鰭掀起的巨浪瘋狂擊打著會稽山，整個海水如同沸騰了一般劇烈震盪，發出的聲響綿延千里之遠，這滔天的巨響把大家都嚇壞了。

要是問這條魚有多大，許多人都說不清楚，只知道任公子將牠剖開做成了魚乾，分發給了四周的鄉鄰，從浙江以東到蒼梧以北，大家都收到了這份禮物。曾經嘲笑任公子的人聽了以後都大吃一驚，再也不敢發出什麼言論了。

智慧人生

我們的人生就如同釣魚一般，想要實現什麼樣的目標，要看每個人自己的決定。有的人覺得釣些「小魚」，平平淡淡一生足矣；有的人則要做一番大事業，就像任公子一樣，要的就是天下無雙，那麼所要準備的東西，花費的精力自然也就不一樣了。

游水之道——合

孔子是中國著名的思想家、教育家，在他的一生中，和弟子們周遊列國，向各國君主講述自己的仁政是一項很重要的事情，自然在這樣的旅途當中會出現許多有趣的事情。

有一次，師徒一行人來到呂梁，此地有一個地方特別有名，便是壺口瀑布。壺口顧名思義便是水流到達此處時，因為河床突然極度收縮，就像把一個水壺口向下倒著擺放一樣，所有的水流傾盆而下，所謂「飛流直下三千尺」便是這樣的狀態。

壺口以下的河床，歷經了千百年的沖刷，只剩下了犬牙交錯的石岸，形成了一條湍急的河流。孔子被這眼前的奇景嚇呆了，弟子們也議論著像這樣的地方，沒有看到任何的魚蝦，當真是險境奇景啊！

正在此時，旁邊一個弟子突然驚叫，大家順著他的手看過去，只見一個大漢從岸邊縱身跳下河，轉眼間就被浪花捲走了。孔子大驚失色，以為此人是遇到不順心的事情欲尋短見，本著悲天憫人之心，立刻和他的學生們順著河岸而下，希望能將此人救出來。誰知剛跑沒多久，便看到一個人從下游的河中躍然而出，悠閒自得地邊走邊唱，大家驚訝地發現他居然是剛剛跳河的人。

孔子連忙走上前去問道：「在這般湍急的河流中都能來去自如，您還真不是普通人，剛剛險些把你當成河裡的水鬼了，不知道您游水的時候有什麼秘訣嗎？」這個人像是鮮有看到人來問他游水的秘訣，也很爽快地道：「這倒沒有，我自小在水邊長大，憑的都是自己的本性，如果說有什麼秘訣的話，那就是在一切情況下都是隨著自己天生的習性來順應著自然。就好比為何我能在漩渦中來去自如一樣，因為我順著漩渦的規律而行，不以自己的生死來做為行動的準則，而是順應水流的旋律，我想這大概就是我比別人游水出色的原因。」

孔子又道：「可否請您再講得清楚一些呢？什麼叫做本性？怎樣才是順應自然呢？」這人回答道：「如果我出生在崇山峻嶺中，那麼我最適應的應當是山地的生活環境，若我生長在河邊，那麼天性中我就應當適應水中的生活，這便是順應天性。不是刻意去做而是在正常的情況之下自然而然養成習慣，這便是順應自然，一切無憑無依卻處處逢源，這便是和合之道。」孔子聽完向這個人深深作揖，若有所思而去。

智慧人生

游水之道的本質不在於和萬事萬物的對抗，而是講求一種和諧，一種天人合一的境界，就如同太極一般，順勢而為。很多時候，我們在尋找的都是某種不變的狀態下那一個完美的點，而這一點經常是在不知不覺中慢慢發掘出來的。

第二章 那些傳說中的大師智慧

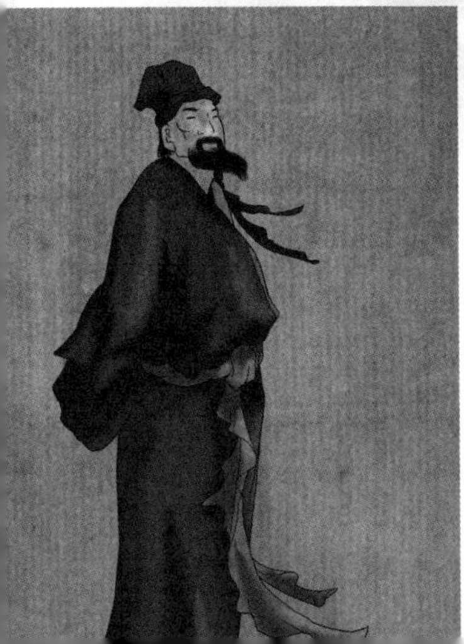
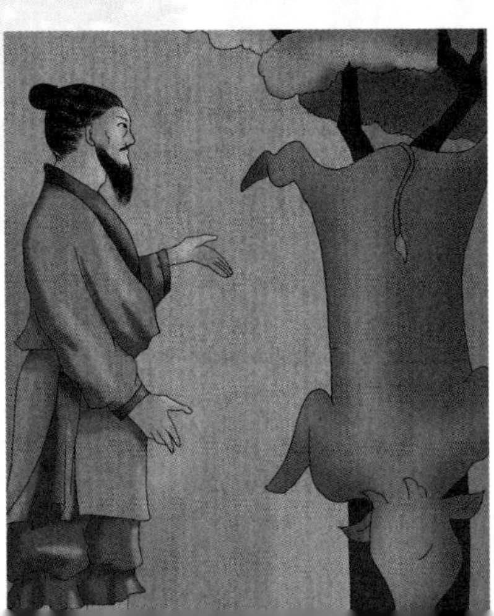
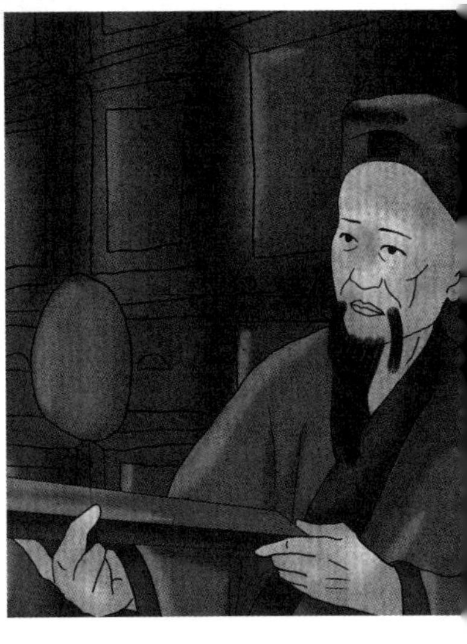

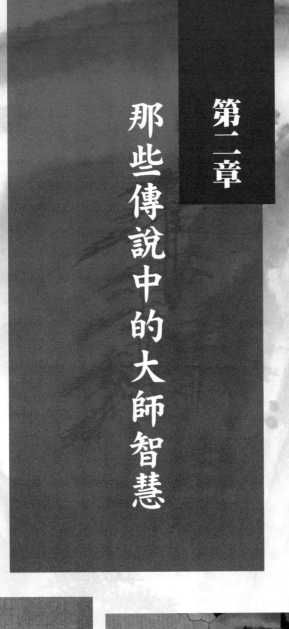

魯班刻鳳——心靈

就像有人曾把祖沖之稱之為中國古代的「數學之神」一樣，我們對土木建築的始祖也早有定論，此人姓公輸，名般。他大約生於周敬王十三年（西元前507年），卒於周貞定王二十五年（西元前444年）。因為出生在魯國，而古時「般」與「班」是通用的，所以魯班這個名字更為大家所熟知。

凡是始祖級的人物，民間的傳說也是相當多，尤其早期木工所使用的工具幾乎大半出自這位天才工匠之手，比如墨斗、鉋子、鑽子，以及鑿子、鏟子等工具。這些發明使得工匠們的工作效率提升，其中關於鋸子的發明，它說的是魯班曾為某國君王建造一座大宮殿，時間緊，任務重，偏偏木料不夠。當時沒有鋸子這種工具，只能用斧頭砍，但效率實在太低了，根本不能在限期內完工。魯班十分著急，因為完成不了就要受到重罰，自己吃點苦不算什麼，但是自己的徒弟們要一併受罰，這就讓他覺得實在很過意不去。

某天，他上山的時候滑了一跤，為了保持平衡一把抓住了身邊的野草，結果手上一陣劇痛，被劃破了很長的一道傷口。魯班十分奇怪，為何草會這麼鋒利，於是他仔細觀察，發現這種小草兩側帶著齒形的葉邊，由此他靈光一閃，立刻想到如果用鐵條製成如此的形狀，那麼樹也可以很容易鋸斷。而之後果然證明了這一點，這便是「鋸子」的產生。

但是關於魯班最有啟發性的民間故事卻是「刻鳳」的傳說。有一次，魯國的君王為了給自己的母親祝壽，吩咐魯班雕刻一隻天下無雙的鳳凰來做為祝壽的賀禮。消息一傳出，大家都紛紛上門想看看魯班如何將這隻鳳凰雕刻出來。

第一天，魯班只是將木材看了又看，摸了又摸，並未動手，觀看的人失望而回；第二天，魯班拿著一隻畫筆在木頭上比比劃劃，還是沒有動手，觀看的人再次失望而回；第三天，終於傳出消息，說魯班拿著刻刀開始雕鳳凰了，大家再次上門，可是令人失望的是，一天的時間，那塊木頭甚至連鳳凰的雛形都沒出現。

就這樣一過半個月，去觀看的人越來越少，舉凡堅持觀看的人也開始議論紛紛，不好的傳言開始出現，比如那鳳凰連冠子都沒有啊！那鳳身粗壯的好像老鷹，哪裡會有百鳥之王的氣勢呢？大家搖頭嘆息著離開了，感慨盛名之下，其實難副。

又過了一個月，魯班把那鳳凰雕好了，只差點睛這一項了。大家都帶著看好戲的心情上門，進門就被驚嚇到了，眼前出現的是一隻翠冠丹爪的鳳凰，渾身的七彩羽毛就像天邊的五彩雲霞，魯班給鳳凰點上了眼睛，又撥開了鳳凰身上的機關，那鳳凰頓時展開了像彩虹一樣的翅膀繞著屋樑飛舞，整整三日不落地，而先前對魯班不屑的人紛紛稱讚他的技藝高超。

智慧人生

我們常說經典的東西總是會有靈魂的，因為設計者在製作的時候便將自己的心靈之美注入，因而這些沾染了人心的器物便有了自己的魂魄。大師們從來不會因為別人的誹謗而停止自己的腳步，因為他們一直在用心創作，對我們來說，再等待一下，也許就會見證到別人看不到的美。

庖丁解牛——本質

某年，梁惠王要舉行祭祀活動，祭品中的牛需要分解開來祭天。梁惠王道：「上天有好生之德，寡人不忍心看到鮮血淋漓的場面，也不忍看到牛分屍過慘的情景，不知道哪位能讓寡人安心些呢？」有臣下道：「聽聞大王的膳房中有一位廚師，名字叫丁，此人宰解之術天下無雙，大王可以讓此人一試。」梁惠王聞言大喜，急忙派人將庖丁（庖，古意即是廚師的意思）叫來，要看他的本事。

庖丁見過梁惠王，稟告道：「大王，臣下剛剛宰殺好了一頭牛，可以為大王表演一下解牛之術。」只見他手起刀落，先將刀插入牛頸，卸下牛頭，然後從牛肩開始分解，刀所觸及的地方好像沒有障礙，整個過程竟然沒有一點聲音。他的手勢與步伐都按照一定的節拍在進行，整個解牛的過程更像是一場舞蹈。

梁惠王看的目瞪口呆，情不自禁地讚許道：「真是令寡人大開眼界啊！如此高超的技術真是聞所未聞，不知你是如何練成如此絕技的？」

庖丁答道：「凡事只要耐心去琢磨它的本質，加上刻苦的練習，都可以練成了不起的技術。小人最初學習宰牛時，眼中看到的是一隻完整的牛，根本不知道從哪裡下刀去切，所以十分費力而且經常被人批評。後來，我開始觀察牛身的弱點在哪裡，發現是骨縫的間隙。從此以後，在我的眼中，牛就不再是整牛，而是一堆的牛骨間隙，這是我苦練了三年所達到的成就。」

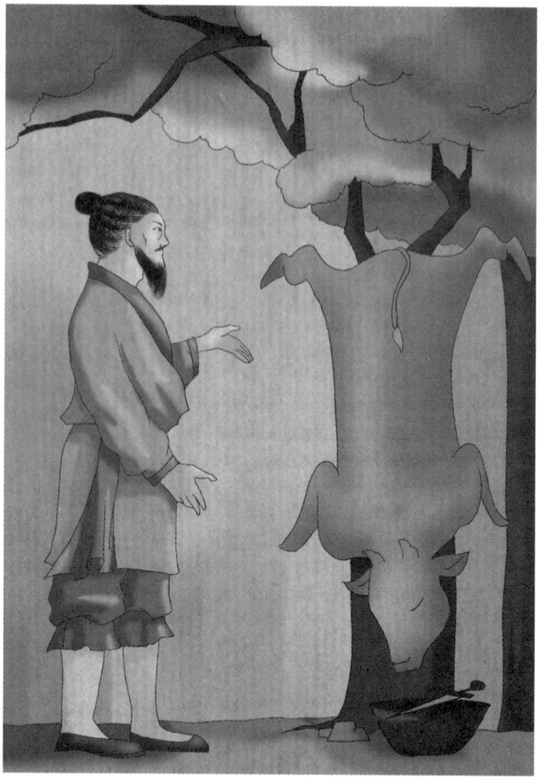

「到如今，則是更進一層，我用自己全部的心神去指揮手，眼睛看到的是牛身所有的組織結構，肉與筋，筋與骨哪個地方最薄弱，那個地方有間隙，我都瞭解的一清二楚。這樣下刀的時候我就可以遊刃自如，那些不容易切開的地方我從來都不去觸碰，更不會讓我的刀直接碰觸骨頭。」

「一般來說，好的廚師都是一年換一把刀，因為他們要用鋒利的刀去切割肉，蹩腳的廚師大約是一個月換一把刀，因為他們用刀砍骨頭。而我的刀，十九年了也不曾更換，宰殺過的牛更是超過了幾千頭，刀鋒還如同剛剛磨好的一般。這就是因為我明白牛身尋隙的學問，這些空隙已經留給了刀足夠的空間去活動，再加上我每次遇上複雜的情況總會認真研究，全神貫注，小心用刀，因此現在才能達到這種程度。每次看到牛最後一下分解開來，像泥土一樣平鋪在地上時，這才是我身為一個廚師最高興最自豪的事情。到了此時我就會將刀擦拭乾淨，小心翼翼地收起，等待下一次使用，這就是最後的圓滿。」

梁惠王聽了忍不住地點頭，說道：「真是太高明了，聽了你的一番話，讓我明白了許多道理！」

智慧人生

我們常說，人生有三重境界：山是山，山非山，山亦是山，在通透之人的眼中不存在複雜的事情，原因就在於他們看事物都是拋開繁複的表象直達本質。

薛譚學藝——善授

這是一個發生在兩千五百年前的故事，那時是戰國時期，七國鼎立，雖然時時有征戰，但同時也促進了各國的文化交流。其中有一種職業不僅在中國出現，在其他的地方也出現過，那就是流浪歌者，他們居無定所，歌唱水準高超，同時遊走四地，用現在的眼光來看，是個很瀟灑的職業。我們今天的主角就是立志要成為流浪歌者的人，他的名字叫薛譚。

俗話說得好，不怕不識貨，只怕貨比貨。想要闖蕩江湖，還是需要有真功夫，薛譚自然知道自己目前的水準並不足以讓自己出門歷練，於是在秦國一位非常有名的歌唱家秦青的門下學習演唱的技巧。

對於一個老師來說，沒有什麼比能遇上一個好弟子培養他成才更高興的事情了。秦青發覺薛譚是個非常有天賦的人才，於是細心地栽培他，對此薛譚自然是求之不得。一個願意教，一個願意學，薛譚的進步一日千里。一年之後，他再唱與原來相同的一首歌時，自己都能感覺出和以前大不相同。於是他試著給別人演唱，果然博得了大家的喝彩。

如果故事在這裡就打住的話，那麼這僅僅只是一個平淡無奇的勵志故事罷了。人年輕的時候總是會不經意地走些彎路，而得到眾人稱讚的薛譚，開始飄飄然起來，平時的練習也慢慢懈怠了，師父的勸阻也慢慢聽不進去了。

薛譚的聽眾們總是這麼不負責任，他們開始慫恿薛譚自立門戶。一開始薛譚還是對師生之情有所顧念，總是委婉拒絕，幾次之後，他的心思逐漸活動起來。終於有一天他向秦青提出，自己想出門歷練一番。秦青哪能不知道薛譚的心思呢？可是他沒有點破，只是提出了一個小要求，要在郊外為他送行。

到了離別的那天，秦青親自出城為薛譚舉行了一場鄭重的結業儀式，擺了酒宴為薛譚送別，並叮囑他以後出門要小心，還將自己以前遊歷各國的經驗告訴了薛譚。此時的薛譚面對恩師的教誨，心裡多少有些後悔。

秦青說道：「這次一別不知何日才能相見，為師心中實在不捨，就讓我以歌者的方式來為你道別吧！」秦青取出了自己隨身攜帶的樂器——節，邊演奏邊歌唱起來，他將自己的不捨之情完全融入了歌聲之中。

薛譚聽著便想起自己和老師在一起學習的時光，心中也生出一股不捨之情。而接下來秦青的歌聲更是激昂

起來，聲音直穿九天，白雲似乎也為這歌聲陶醉，停止了流動。一曲唱完，眾人都呆住了，只覺得這應該是天上來的聲音，而不應該在人間出現。薛譚在此時才知道自己與老師之間的水準相差太大了，便當場向老師認錯，希望老師能再給他一次機會，讓他重回師門學習。

這本來就是秦青的目的，於是師徒兩人皆大歡喜。自此，薛譚安心學習，再也不提離開的事了，後來他也成為了有名的歌唱家。

智慧人生

從薛譚的學習態度來說，這樣「持之以恆」「鍥而不捨」的精神實屬可嘉。但是，只從一人為師，莫若多方求教，從學習方法講，又有待於改進。如果進一步分析，在薛譚「終身不敢言歸」這件事上，秦青也不是沒有責任的。如果薛譚之所以「不敢言歸」，是因為求學「終身」，也未成才，那麼，這樣低的教學效率，當然值得批評。如果薛譚學藝已成，只是不好意思走，那麼，秦青也應該鼓勵他展翅高飛，博採眾家之長，熔於一爐，開創自己的音樂事業。

師曠調琴──遵道

師曠，字子野，春秋時著名樂師。有人說他生而無目，上天便給了他音樂上的獨有天賦，也有人說他不是天生的盲人，而是他年少時為了追求音樂上的成就自己用艾草燻瞎雙眼以專於音律的。

這位音樂大師實在是太有名氣了，只要一演奏，上天總會降下祥瑞之物。古書上記載「玉羊，白鵠翱翔，墜投」，在古人的眼裡，以玉羊、白鵠為「玉音協和，聲教昌明」的瑞徵，可見師曠的演奏水準著實高明。

而在春秋時期，科學尚不發達，樂律就和巫醫一般象徵了一種神秘的含意，因此，樂師往往

被吸收來參與軍國大事，占卜吉凶。其中，師曠是最得國君賞識的一位，因此民間也有很多關於他論政的故事。

相傳有一天，晉平公突發其想，讓人製造了一張大弦、小弦全部一樣的琴，工匠們都很奇怪，這樣的琴能彈奏什麼樣的曲子呢？只見晉平公命人將這琴給師曠送去，讓他在一天之內把琴調好弦，校好音，大家全都明白了，這是國君要和師曠過招。

師曠接到晉平公的命令後，他只是和旁人說，要是國君來了事先和他說一聲，然後便將那把琴放到一旁，做自己的事情。一天過去了，有人和師曠說，晉平公到了，於是師曠便將琴搬到了自己的面前，做出正在調整的樣子，只可惜彈出的曲調不倫不類。

晉平公見狀立刻板起臉道：「身為天下第一的琴師，連這麼一件小事情都做不好？」師曠道：「對一把琴來說，它的大弦好比是君主，小弦好比是臣子。大弦、小弦不互相侵奪各自的職能，陰陽才能調和，就如同君臣之間總是要有區別才能使國家昌盛。現在您把弦都弄成一樣，那就失去它們應有的職能了，這種問題難道是樂師所能調好的嗎？」一番話說的晉平公啞口無言。

智慧人生

在春秋時期，樂師能參政，而在這麼多的樂師中，唯獨師曠能得到晉君賞識，這不是沒有原因的。文獻記載，師曠往常向悼、平二公陳以治國安邦之策。悼、平二公每每請教於師曠時，他都能「因問盡言」，引出一番嚴肅的治國宏論。師曠論「人君之道」，包含著極為深刻的政治見解，表明他做為政治家所具有的遠見卓識和博大的胸襟。

高山流水——知音

俞伯牙，春秋時代著名的琴師。相傳他在年輕的時候拜高人為師學習琴技，由於天資出眾，很快就學會了老師的各種技巧，由此面臨了一個更大的問題——瓶頸。學過藝術的人都知道，遇上瓶頸期是最麻煩的，因為這和技巧等等一些憑著苦練的方式不同，這是一種心結，如果超越不過去，很可能這一輩子他就只能在這個水準上停滯不前了。所幸的是，伯牙的老師非常明白弟子的想法，於是帶他來到了東海的蓬萊島散心，希望天地萬物能夠成全自己的弟子。

伯牙為了練琴，已經很久沒出來走走了，此時舉目眺望，只見波浪洶湧，浪花激濺，宛如仙境一般，一種奇妙的感覺油然而生，於是他情不自禁地拿出了自己的琴演奏了一曲。老師點頭稱讚道：「聽到這支曲子，便知道你已經臻於化境了。」這支曲子便是後世的名曲《水仙操》。

終於躋身一流大師水準的伯牙自此遊歷四方。有一年，他奉晉王之命出使其他國家，中途經過漢陽江口。此時風浪很大，船舶不得不停岸，到了夜間，風浪漸消，雲開霧散，一輪圓月當空映照，景致十分怡人。

面對這樣的景色，俞伯牙興致大發，拿出自己的琴叮叮咚咚地演奏起來，正在他出神地演奏時，突然發現一個人在岸邊一動也不動的看著他。伯牙大驚，一根琴弦立時崩斷。這時只聽見對面的人滿含歉意道：「對不住呀，在下只是回家途中聆聽到如此的曼妙琴聲不忍心離開，沒想到驚嚇到您了。」

伯牙定睛一看，只見此人戴斗笠、披蓑衣、拿板斧，分明就是個樵夫，不由得心中疑惑：一個打柴的人會懂得自己的琴聲嗎？於是他信手用又撥了一段曲調，問道：「先生既然知音，可懂剛才的琴音嗎？」樵夫答道：「真是不錯，凝重雄偉，就好像泰山一般！」伯牙大喜，因為自己剛才所想正是泰山的景象，他緊接著又彈奏了一段旋律，這次還沒彈完就聽到樵夫稱讚道：「寬闊浩蕩，這是大海的聲音啊！」

伯牙急忙請他上船，得知此人名叫鍾子期。兩人相談甚歡，很快就成了好友，可是伯牙使命在身，不好久留，臨別的時候兩人約定，明年此時還在此處相見，一起彈琴論道。

一年之後，伯牙再來此地，等了一天卻不見鍾子期前來，就到附近四處打聽，原來半年前此地發生了瘟疫，鍾子期已經身染重病，不幸亡故了。他臨終之前囑咐人將自己的墓修在了漢陽江口，為的就是還能聽到伯牙的琴聲。伯牙大悲，在江口彈奏了整整一夜的《高山流水》後，將自己的琴砸了，此生再不碰琴，因為那個最瞭解自己的知音人已經不在了。

後人用詩記載下了這一千古佳話：摔碎瑤琴鳳尾寒，子期不在對誰彈！春風滿面皆朋友，欲覓知音難上難。

智慧人生

《高山流水》的故事之所以能被典籍多次記錄轉載，是與當時「士文化」的背景分不開的。先秦時代百家爭鳴，很多有才之士在各諸侯國間頻繁流動，他們都希望能遇見像知音一般理解自己的諸侯王公，進而一展胸中所學。然而能達到此目標的人畢竟是少數。更多的人一生懷才不遇，或隱身市肆，或終老山林。由此可見，《高山流水》在先秦時代就廣為流傳，是因為這個故事背後的寓意是人生遇合的美妙，及人生不遇的缺憾。至於友誼，則被善意地無限誇大了。

濮水垂釣——自由

莊子又叫莊周，和道家始祖老子並稱為「老莊」，是中國本土宗教——道教的創始人之一。此人講求「天人合一」和「清靜無為」，他的學說涵蓋著當時社會生活的各個方面，且文采斐然。

莊子生活的時代，遊歷是必不可少的一項歷練。有一年，莊子來到楚國，在河南濮水這個地方暫住了下來，每日看書，或者是帶著自製的魚鉤在水邊悠閒地垂釣。楚國的國君楚威王聽莊子到來的消息，他覺得這位大師難得來到自己的國家，就召來了手下大臣，讓他們想辦法把這位大師留下來。眾人討論了一陣子決定由朝中最能言善辯的兩位人帶著金銀珠寶前往濮水，傳達楚威王的旨意，希望能將莊子邀請進楚王宮。除了這些財寶之外，更是以國師之位相待。

兩位大臣到達濮水的時候，莊子正在濮水邊悠閒地垂釣。他們最開始面對這個身穿粗布衣服、腳穿草鞋的人都不相信楚威王想請的居然是這麼一個人，但使命所在，他們還是懇切地將楚威王的意思傳達給了莊子。

莊子聽完了這番話，立刻瞭解了楚威王的意圖，他閉上眼仔細思索了一陣，頭也不回地說道：「我聽說，楚國原來有一隻神龜，活了已有三千年了，楚王為了占卜國運讓人殺死了這隻神龜。並將牠的龜甲和骨頭裝在了特製的竹箱之中，矇在罩子中，上面還覆蓋上了華貴的錦緞，供奉在廟堂之上。那麼，對於這隻神龜來講，諸位覺得牠是願意被殺死留下自己的骨甲以顯示自己尊貴的地位呢？還是寧願活著，哪怕是每日只生活在泥塘中拖著自己的尾巴爬來爬去好呢？」

兩位來使不假思索道：「自然是活著比較好。」莊子點頭嘆道：「我也是這樣想的，煩請兩位回去回稟楚王，莊周也願在泥水中曳尾而行！」

兩位大臣這個時候才明白莊子的真正意圖，只得快快而回。

智慧人生

在故事中，莊子主要運用比喻說理的手法，先不進入正題，將對方引入自己的觀點中，然後指出對方的思想和行動不一致，使對方啞口無言。

畫龍點睛——精華

在南朝梁武帝（蕭衍）時期，在丹青界領域最有名的無疑是張僧繇，這位出生於吳興（今浙江湖州）的書畫大師歷任武陵王侍郎、直秘閣知畫事、右軍將軍、吳興太守等重要的職位。他善於畫人物故事畫以及宗教畫，這一點很得梁武帝賞識，因此舉凡裝飾佛寺的事情，都會命令他來作畫，時稱「張家樣」。

如果你對這個人還不那麼熟悉的話，就請聽聽下面這個故事。

相傳有一年，梁武帝在金陵（今南京）新蓋了一座寺廟，取名為安樂寺。新寺廟裝飾的金碧輝煌，自然畫畫的還是張僧繇。這次梁武帝要他在寺廟主殿的牆壁上畫上四條金龍。除了宗教佛像，張僧繇最拿手的便是畫龍，他畫了整整三天的時間，閉門不

出努力作畫。等到打開寺廟門的那天，大家都紛紛前來觀看，不出所料，龍頭威武，龍身在雲霧中若隱若現，連每一個鱗片都看的清清楚楚，維妙維肖，就好像立刻就要破壁而出翱翔於天地之間一般。

令眾人更驚嘆的是，這四隻金龍，沒有一隻是有眼睛的，它們的眼窩處都是空空蕩蕩的。所以大家在衷心稱讚的同時，也有人直接就問了張僧繇這個問題，為何龍是沒有眼睛的？張僧繇苦笑一聲解釋道：「眼睛是靈魂，也就是精華所在，點上眼睛並不是件難事，可是一旦點睛，此龍有了靈魂，就會破壁而出。到時候完不成陛下交付的任務，我是會受到處罰的。」眾人覺得這個理由實在是匪夷所思，都認為是張僧繇在撒謊。事情很快傳到了梁武帝的耳朵裡。

梁武帝同樣不信，便下旨命令張僧繇為金龍點睛，張僧繇無奈，只得接旨答應下來。到了第二天，上至皇公貴族，下至平民百姓都跑來看張僧繇給龍點睛。只見張僧繇手持畫筆，開始在第一條龍的眼睛處塗畫，第一條龍的眼睛畫好了，可是什麼反應都沒有，圍觀百姓的議論聲越來越大。接著，張僧繇給第二條龍點好了眼睛，就在此時，原來晴朗的天空突然烏雲密佈，狂風大作，雷閃雷鳴，在眾目睽睽之下，一隻巨大的龍爪突然從牆壁上伸了出來，緊接著是龍頭，龍身，兩條巨龍震破了牆壁凌空而起，直上九天，不一會兒就消失在了茫茫天際。眾人被嚇得目瞪口呆，一句話也說不出來了。過了片刻，雲散天晴，沒人敢再說一句話，原本好好的牆已經毀掉了一半，只剩下兩條沒有點眼睛的金龍依然留在了牆壁上，而張僧繇早已不知去向。

民間紛紛流傳張僧繇是天上畫仙，已經隨著那兩條金龍回歸天上了。於是，後世便以「畫龍點睛」這個成語來指代某些關鍵性的精華所在。

智慧人生

通常我們稱什麼為「精華」呢？便是在某種事物上，某一個點能使這整件事物引發出了變化的部分，我們便會稱之為精華。不得不說，古人的思想充滿了浪漫主義的因子，以這種方式來表達這種意思也表明了中國人的思維往往是寫意型的，就如同張僧繇的神來之筆一樣。

折箭訓子——團結

世界總是不同，世界總是相同，有的時候你會發現一個同樣的故事，居然在兩個從來沒交集的地方相同的上演著。比如灰姑娘的故事，在我們習慣於格林兄弟的辛蒂瑞拉的同時，很少有人知道，在中國古代也有一位灰姑娘與她的金絲繡鞋的故事。同樣的，在《舊約聖經》中出現的故事，同樣出現在了中國的《魏書》之中。

相傳南朝時候，一個少數民族的首領阿豺有二十個兒子，他的兒子們個個能征善戰，智勇雙全。但令人遺憾的是，這些兒子們從來都沒讓他省心過，他們在阿豺的王位繼承人身分明爭暗鬥著，國家的人力、物力就這樣慢慢消耗掉了。不過所幸，他們的父親還是位有智慧的首領，一天，他裝著重病的樣子把二十個兒子們都叫到自己的面前，告訴他們自己生了很重的病，恐怕日子活不長了，所以把大家都叫過來，希望透過一個測試來決定誰會是自己百年以後的真正繼承人。

看著兒子們恨不得現在就拔出刀來互相砍殺的熱切眼光，阿豺不由得自己暗自嘆氣。於是

他說：「你們先將自己身上的箭都拔下一支來。」做為一個捕獵的少數民族，人人都擅長騎射，所以每個人都隨身帶著箭囊。兒子們非常不解，不過都照著做了。接著阿豺命令自己的兄弟慕利延做了個示範，將手中的一支箭折斷並對兒子們說：「像你的叔叔一樣把箭折斷吧！」兒子們很輕易的把單支箭折斷成兩截，然後扔在了地上。

「很好」。阿豺道：「再試試兩支箭吧！」兒子們依舊是十分不理解，但仍然照做了，兩支箭折起來比剛才費力，但大家還是完成了。阿豺道：「現在，折斷三支箭吧！」兒子們覺得自己的父親真的是老糊塗了，但三支箭折起來也真是更費力。

阿豺道：「你們表現的真不錯，那麼現在告訴你們繼承我王位的方法，誰能把二十支箭一次折斷，誰就能繼承我的王位！」兒子們聞言紛紛行動起來，可是結果令人十分失望，就算是平時最有力氣的三兒子，也只能一次折斷六支箭，而捆成一團的二十支箭就算他用盡全身力氣都不能動彈分毫。

看著兒子們若有所思的臉，阿豺說：「你們看到了嗎？你們明白了嗎？一支箭是非常容易被折斷的，如果不想被折斷只有一個辦法，那就是團結起來，當你們聚集為二十支箭的時候那是你們最安全的時刻，也是這個國家最富強的時刻。你們是兄弟，要齊心協力才能讓我們的民族更加昌盛。」兒子們紛紛醒悟，表示自己以後再也不胡作非為了。

智慧人生

團結就是力量。這則寓言故事用極其生動的事例說明了這條真理。

九方皋相馬——靈魂

天下皆知，伯樂為當世第一相馬師，所發現的都是日行千里的良駒，即使是在幾千年後的今天，我們也會把伯樂這個名字當作擁有絕佳辨識眼光之人的代稱。

一天，秦穆公命人將伯樂喚來問道：「先生，您的年紀越來越大了，寡人十分擔心在您百年之後，這世上的千里馬就再也找不到能發現牠們的人了。不知您後輩中有誰能接替您的工作呢？」

面對自己的君主，伯樂不敢有絲毫的隱瞞，他恭恭敬敬地回答道：「如果只是一般的好馬，那麼在我的《相馬經》中都已經寫明，從牠的形狀和筋骨上便可以分辨，只要有願意學的，經過一番刻苦努力總能學得會。但天下極品的千里馬，卻是沒有固定標準的，牠們就像雲霧一樣不可琢磨，因此發現牠們的方式只可意會不可言傳。可惜的是，我的子孫們都沒有這種天賦，他們只能根據我教給他們的方法去辨認出中上等的馬，但辨別千里馬之術他們卻是學不會的。陛下若想尋找這樣的人才，我這裡倒是有個好人選，他便是我的好友九方皋。雖然此人平日裡在市集賣菜，但在這方面的能力一點也不比我差，只是他生性不愛多說話，所以世人都不知他的聲名罷了。大王您如果有需要的話，可以召他前來試試看。」

秦穆公聽後，派人召九方皋覲見，命令他到外地去尋找一匹千里馬來。九方皋奉命出發，等到三個月後，消息傳來，已經找到了，在沙丘那個地方，是匹黃色的母馬。秦穆公立刻派人將馬取回來，取馬的人傳來消息說，那是一匹黑色的公馬。秦穆公大發雷霆，立刻召見了伯樂，訓斥道：「您推薦的那個人實在太糟糕了，居然連馬匹的顏色和性別都認不出來，這樣的人怎麼能找到千里馬呢？」

伯樂十分驚奇，長嘆一聲道：「我真沒想到他相馬的本事已經到達了如此高深的境界，這實在是比我高明了不知多少倍啊！他所能察覺到的，正是事物的靈魂。在他的眼中，只能看到他所關注的部分，而不去在意他不必關注的部分，像這樣的方法，才是相馬的最高境界啊！」

等到馬被牽回來一看，果然是世所罕有的千里馬！

智慧人生

千里馬常有而伯樂不常有，而世上比伯樂更高明的卻是九方皋的相馬之術。伯樂覺得自己的境界不如九方皋的地方就在於自己還是會顧慮到外表，而九方皋拋卻一切只為了本真，所以他能看的更透徹。倘若不是伯樂瞭解九方皋，恐怕秦穆公早會砍了這個連馬的性別都分不清的人，可見能透過一切繁雜的外表看到靈魂的人都是寂寞的。

第三章

那些智力上的盲點

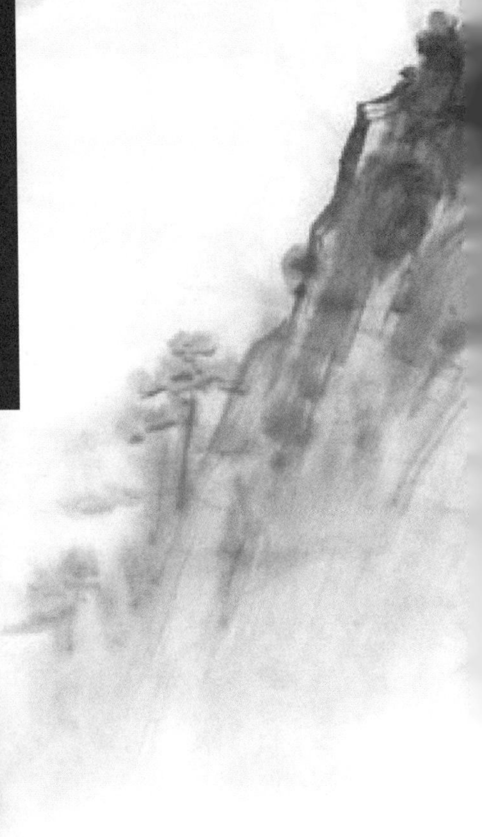

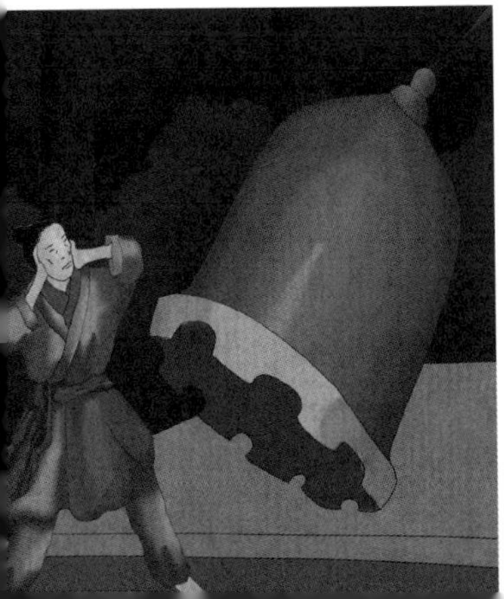

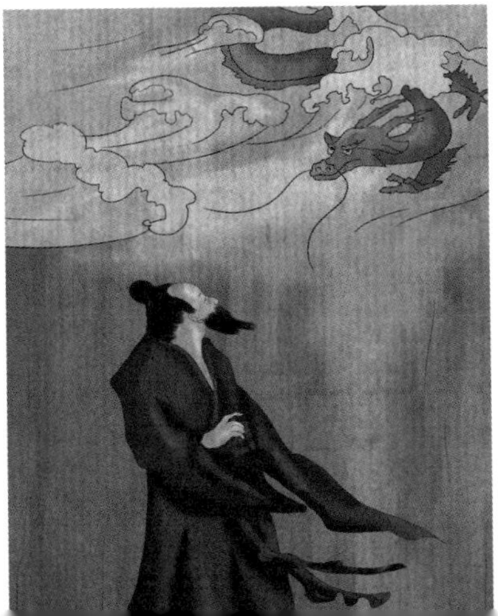

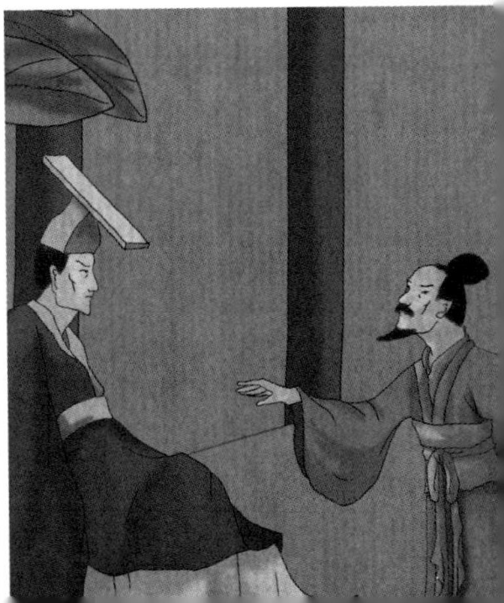

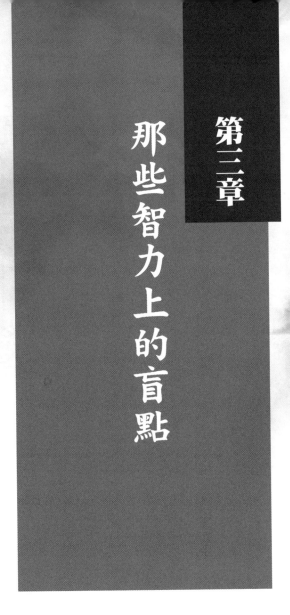

截竿進城——愚笨

從前魯國有個人，家境很好，生性豪爽，但就是腦子有的時候很不靈光，所以總是鬧出很多笑話來。有一天他出外遊玩，看到有個人在賣毛竹，一想到自己家裡正缺這麼一根毛竹，於是欣欣然跑過去問：「這毛竹多少錢一根？」賣竹人答道：「一兩銀子兩根。」魯國人想了想說：「我只需要一根，那麼一根是五錢銀子嗎？」賣竹人答道：「五錢銀子不賣。」魯國人又想了想說：「可是我只需要一根，給你一兩銀子，給我一根就好。」賣竹人憤怒地答道：「都說過了，一兩銀子倆，五錢銀子不賣！」最後，魯國人被逼無奈只得花了一兩銀子扛著兩根大毛竹回家了。

於是這個魯國人只好扛著兩根又粗又大的毛竹進城了，結果到了城門口又遇上了麻煩，原因很簡單，這兩根毛竹品質太好，又粗又長，結果卡在城門口進不去。魯國人先是將毛竹豎起來拿，被城門卡住了，他把毛竹橫著拿，又被兩邊的城牆卡住了。如此折騰來折騰去，來來回回好幾次還是進不了城。把兩根大毛竹扛過來，本來就耗費了此人極大的體力，現在又經過這一陣折騰，他早就累得氣喘吁吁，無奈只能坐在城門口先歇息一下。

過了一陣子，有個老頭經過，看到魯國人正長吁短嘆，問他出了什麼事情，魯國人便回答說自己現在遇上了一些自己解決不了的麻煩。

老頭哈哈大笑道：「到底還是年輕人啊！沒有經驗，像我這樣一大把年紀的人，路過的橋比你走過的路還多，吃過的鹽比你吃過的米還多，不管什麼樣的事情來問我就可以了啊！」

魯國人想了想道：「我花一兩銀子買了兩根毛竹，可是我只需要一根怎麼辦呢？」老者答道：「那很簡單，你將另一根丟了便是！」魯國人點點頭，覺得很有道理，於是拿起一根毛竹丟進了城門外的護城河中。然後又跑了回來問老者：「那麼我現在拿著這根毛竹進不去城門怎麼辦呢？」並向老者示範了毛竹是如何被卡住的過程。

老頭摸了摸白鬍鬚道：「這個就更簡單了，你把毛竹鋸成兩段，不就能進去了嗎？」魯國人為難地說：「我想拿它當晾衣杆用的，鋸斷了就報廢了啊！」

老者搖搖頭道：「回去想個辦法把斷的毛竹捆在一起再用，總比你被卡在城外強吧！」魯國人恍然大悟，連聲稱謝，向別人借了把鋸子，把毛竹鋸斷，終於進城去了。

智慧人生

故事中的三個人一個比一個笨，第一個人是不知變通的笨；第二個是凡事走直線，不動腦子的笨；至於第三個就更不用說了，喜歡倚老賣老、教訓人，出的往往都是餿主意。用句常用的話來形容，見過笨的，沒見過這麼笨的。

其父善游——妄斷

呂不韋，戰國末年著名商人、政治家、思想家，後為秦國丞相，衛國濮陽（今河南濮陽滑縣）人。他往來各地，以低價買進，高價賣出，累積起千金的家產。「奇貨可居」這個詞就是他發明的，並因此聞名於世，因為他囤積的奇貨就是秦莊襄王——未來統一六國建立秦王朝的秦始皇之父。他也輔佐了秦始皇，以一介商賈任相國，人生堪稱傳奇，不僅如此，他還組織門客編寫了著名的《呂氏春秋》。

《呂氏春秋》這本書包含了生活的各個方面，裡面不乏發人深思的小故事。其中有這樣一個故事非常有趣：有一個人在過江時，看見有人正拉著一個孩子要把他扔到江裡去。這個人連忙向前大喝道：「你想對這個孩子做什麼？」那個人答道：「沒什麼關係的，這個孩子的父親是個游泳好手。」

不知道是經過歷史的演變發展，還是世界又大同了一回，這個故事出現了一個演變版，主角是船夫。他的妻子剛剛為他們生了一個孩子就去世了，去世前告訴自己的丈夫要好好照顧這個孩子，冷了要為孩子加衣服，熱了給他脫衣服。

老婆雖然去世了，但剩下的人還是要好好活著的。第二天，船夫外出划船做工時便把自己的孩子帶著。剛開始的時候他沒接到人，覺得天寒地凍真是太冷了，就脫下自己的衣服把孩子裹住。過了幾個小時，有生意上門了，他用力地划著，漸漸覺得不冷了，就把剛剛裹在嬰兒身上的衣服又脫了下來。不知道是不是大家都聽說他老婆去世了，都來光顧他的生意，之後他就再也沒停下來，一直在划船，身上的外衣先脫掉，然後單衣也脫掉，相對的，他心想大概是孩子也熱了，就把孩子身上的衣服都脫掉了。

剛開始孩子的哭聲越來越大，後來慢慢微弱了下去，船夫感到很滿意，就再也不管孩子，認真工作。最後的結果大家都知道了，當他收工再看自己的孩子時，那個可憐的小娃娃早就被凍的奄奄一息。船夫連忙把孩子帶到郎中那裡，花了很多的錢才保住了孩子的命。

當郎中責備船夫虐待孩子時，船夫委屈地大喊：「我根本不知道自己做錯了什麼，孩子的媽媽告訴我熱了要脫衣服，冷了要穿衣服，我已經那麼熱了，為什麼他不熱呢？」

智慧人生

這又是一個笨蛋的傳奇經歷，從遺傳基因學的角度，父親是游泳名將，孩子在這方面的天賦很有可能出眾，但絕不是生下來就會游泳。即便是有天賦，也需要後天的引導。至於我熱你也熱，這個則是升級版，凡事都要考慮到人和人之間的不同，既然不同就要有相對方式，簡單地以自己的標準去衡量他人，輕者會被當成自作多情，重者就是精神變態了。正所謂「以此任物，亦必悖矣」，古人誠不欺我也。

黔驢技窮——虛名

從前，在黔中道（今貴陽某處）這個地方，是沒有驢子這種動物的。有個生性喜好多事的人用船運了一頭驢子拉進黔地。運來以後才發現，這裡一不用載人，二不用拉磨，驢子還真是沒什麼用處，便把牠放生到了山腳下。

在我們東方，山中之王一向都是老虎，但是老虎最近有些寢食難安，因為牠的森林來了一位不速之客。牠的體型龐大，還有兩個長長的耳朵，一副很不好惹的樣子。但身為老牌的山中之王，老虎也不可能就這樣把自己的權力交出去，因此這些天老虎都會躲在這個動物經常出沒的地方觀察牠。

這位不速之客當然就是那頭驢子嘍。經過幾天的觀察，老虎發現驢子愛吃草，幾乎不吃肉，心想這個傢伙

個頭雖然很大，但是不吃肉，應該不是太厲害。於是給自己壯壯膽子，慢慢從隱蔽的地方走出來，小心翼翼地接近牠。

而這頭驢子雖然比較笨，但出現了威脅還是能感覺得到，在老虎快要接近牠的時候一聲長鳴，聲音十分宏亮。老虎正在忐忑之際聽到這麼一聲巨響，嚇得屁滾尿流連忙逃走。回去以後，老虎仔細想了想，被這麼一聲嚇跑了實在太丟臉了，為了不打草驚蛇，牠又開始每天的偵查工作。經過一段時間的勘察，老虎漸漸習慣了驢子的叫聲，又一次向驢子靠近。這次迎接牠的除了驢子的高吼還有驢的蹄子，老虎又一次被嚇得落荒而逃。從那天之後，老虎經常挨驢子踢，漸漸地牠發現驢子也就這麼點力氣，而且牠現在也能躲開了，就再次靠近了驢子。驢子故技重演，老虎見牠的本事也不過如此，於是一躍而起，咬住了驢子的咽喉，美美地吃完了一頓午餐，威風離去。

同樣類似的事情也出現在人的身上過，從前有個教書的老夫子，崇拜的偶像是諸葛亮，每日拿著《三國志》不斷翻閱，將諸葛亮的各種計謀熟記於心。有一天，全家人要出去看戲，這位老先生不鎖門，還把整個的屋子弄得燈火通明，大家非常不理解。

他大笑道：「這就是諸葛亮所教的空城計啊！」帶著半信半疑的表情的全家人看戲去了。當全家人看戲而歸的時候，發現房子完完整整，無任何人動過的痕跡，再清點東西一樣都沒少，老先生十分得意。

後來，再去看戲，他依舊如此。這次回到家一清點，所有值錢的東西全部被人搬空了。老先生備受打擊，將《三國志》撕得粉碎，大罵諸葛亮是騙子，有人無奈地說：「你見過擺了兩次空城計的諸葛亮嗎？」

智慧人生

這篇寓言出自唐代文學家柳宗元的手筆，本意是諷刺當時統治集團中那些官高位顯、仗勢欺人而無才無德、外強中乾的上層人物。如今經過引申有了三種含意：一是恐懼源於未知，你瞭解了就不怕了；二是要充分相信自己的力量，勇於抗爭，奪取勝利；三是現在風氣不好，外表光鮮內裡棉絮的水貨實在太多了，要擦亮自己的雙眼，別被人給矇騙了。

自相矛盾——漏洞

韓非，中國古代著名的哲學家、思想家、政論家和散文家，法家思想的集大成者，後世稱「韓非子」。他所寫的文章思維敏銳，氣勢逼人，秦王嬴政在讀了他的《孤憤》、《五蠹》之後，大加讚賞，發出「嗟乎！寡人得見此人與之遊，死不恨矣」的感嘆。可惜真正兩人相見之時，因為李斯的嫉妒，韓非並未得到秦王的重用，最終被誣陷致死。後人根據他流傳於世的著作輯集而成《韓非子》一書。

《韓非子》中最著名的一個故事莫過於自相矛盾的故事了。

相傳，楚國盛產兵器，經常看到大街上有人在賣自己製作的兵器。當然為了能使生意更加熱門，大家還是會很認真地打廣告，爭取吸引到更多的人。

這天，市集中心來了一個人，手中拿了一根長矛和一面盾牌。只見這人先敲了敲手中的鑼喊道：「過往的鄉親們停一停啊！這裡有整個市集上最好的兵器，走過路過不要錯過啊！」很多人都停下了自己的腳步上前觀看。

市集上還有其他人賣兵器，聽到他這麼一說，心裡多少有些不高興，於是打岔攪局道：

「你這兵器有什麼好的，說來給我們聽聽吧！」

這人見很多人圍上前來十分高興，先是舉起自己的盾誇耀道：「大家看看我這面盾，用的是上等的硬木，連老虎的牙齒都能崩掉，再加上我祖傳的鍛造工藝，這面盾牌足以抵擋天下間任何一根矛的攻擊。」古代的盾是和刺殺類的兵器如刀劍矛戟等一起使用的。士兵在作戰時，通常左手持盾以掩蔽身體，防衛敵人刃矢石的殺傷，所以說一面好盾能大大提高生存的空間。這個人的手藝確實很不錯，大家觀賞了一番嘖嘖稱奇。

接著，這個人又舉起了自己手中的矛誇耀道：「大家再看看我手中的這根長矛，這是我取自崑崙山的赤銅，花了七七四十九天才鍛造而成的好矛。它鋒利無比，這世界上沒有什麼盾能夠抵擋住它的一戳。」說著，他拿著長矛往牆上戳去，果然牆就像豆腐一樣被戳出了一個大洞，眾人看的目瞪口呆。

這時，人群中突然出現了一個漢子，指著這人手中的矛和盾問道：「剛才聽你說，你所做出的盾堅固無比，無論什麼樣的兵器都不能戳穿；而你造的矛又是鋒利無比的，無論什麼盾都不可抵擋。那麼你用自己的矛來戳自己的盾，會出現什麼效果呢？」周圍的人都摒著氣等著這人的回答，這人頓時張口結舌說不出話來。

智慧人生

如果不實事求是，過分強調絕對的一面，前後互相抵觸，勢必造成思維混亂，陷入不能自圓其說的尷尬局面。

為貓取名——諂媚

從前，有一戶人家姓喬，主人叫喬奄。他在三年前養過一隻貓，非常有靈性，似乎能聽得懂人話。有一次夜裡，牠將喬奄從睡夢中推醒，嚇得入室行竊的小偷當場逃之夭夭。自那以後，喬家人對這隻貓疼愛異常。可惜的是，貓的壽命畢竟是沒有人類長久，這隻貓最後還是死掉了，留下了一隻小貓。這隻小貓長相非常奇特，身上像老虎一樣有著一圈一圈的斑紋，而且額頭前的毛色還隱隱約約勾勒出了一個「王」字，遠遠看去，竟不像一隻貓而像一隻虎。

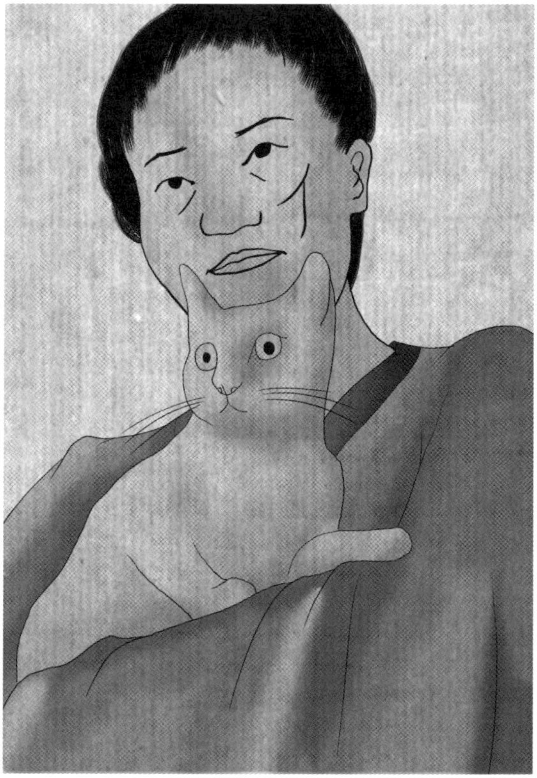

有了這樣的一隻貓，加上之前的原因，喬奄更是對牠疼愛有加，並給牠取了個名字，叫「虎貓」。可惜虎貓沒有牠的母親那麼好的脾氣，經常在家裡搗亂，只是喬家人並不放在心上。

喬家的家庭條件很好，因此經常在家裡大擺筵席款待四方來賓，「虎貓」就成為了喬奄固定的炫耀對象，每次都會被抱出來展示給大家。

有一天，他請客人吃飯，又將虎貓抱了出來炫耀。俗話說的好，拿人家的手短，吃人家的嘴軟。這一桌子吃了喬家飯的人自然要討好主人家，都爭先恐後地說好話，從此貓相貌誇到了活潑靈動的性格。最後誇到了牠的名字，有人提出，雖然「虎貓」這個名字聽起來很勇猛，但是還是不夠威武，不能襯托出牠的氣質。

有人說，所有的動物中唯有龍能顯能隱，能細能巨，能短能長，春分登天，秋分潛淵，呼風喚雨，無所不能，那索性就叫「龍貓」好了。

有人抗議道：「還是不太好，龍雖然神奇，變化莫測，但尚需騰雲駕霧才能翱翔於九天之上，無雲氣則無龍升天，還是叫『雲貓』比較好。」接著又有人抗議道：「雲氣遮天蔽日，氣象不凡，但是，只需要一陣狂風就可以把它吹得煙消雲散，雲比起風來又能怎樣呢？還是叫『風貓』更貼切一些。」

席間肉麻的話實在太多，喬奄的一個本家叔叔再也忍不住了，給自己的兩個兒子使了使顏色。大兒子立刻說道：「大風確實威力十足，但是你看我們的屋子現在如此暖和，不過是一堵牆就能擋住它，應該叫『牆貓』才更加威武啊！」

小兒子忍住笑說道：「哦，牆又算得了什麼呢？你沒看見普普通通一隻老鼠就能在牆上打出洞來嗎？我看叫『鼠貓』才合適。」

聽了這樣的話，席間一時無人敢應聲，尷尬不已。這時本家叔叔出來打圓場道：「諸位眾說紛紜，把老朽的腦子都搞糊塗了。捉老鼠的是誰？不就是貓嗎？貓就是貓，搞那麼多名堂幹什麼呢？」

智慧人生

讚美是一種美德，諂媚卻是一丸毒藥。自古因為愛聽恭維話誤人誤己的例子屢見不鮮，我們必須保持清醒。

涸轍之魚——空話

雖說莊子淡泊名利，但人總不能不吃飯，有的時候，他也會為自己的生存問題頭痛。有一年發大水，莊子家的幾畝田地被沖的乾乾淨淨，什麼都沒剩下來，這年的秋天就到了揭不開飯鍋的地步。實在是沒有什麼辦法的情況下，莊子想到離自己最近的便是監理河道的監河侯家，於是硬著頭皮上門打算借點糧食。

照理說，莊子名動天下，偶爾找個官員請求一下資助也不是什麼大事情，大家也都樂意幫忙，可是這次出了點麻煩。監河侯的一個親戚曾經遭到莊子的嘲笑，至今懷恨在心。恰逢莊子上門，監河侯有心想給莊子一個難堪，聽說是來借糧的，當下滿口答應，還說能借糧給莊子簡直就是自己的榮幸。

莊子本來覺得有些難堪，看到對方這麼爽快，不由得暗自欣喜了一下。監河侯看到莊子的表情心中一陣冷笑，立刻拖長了調道：「借您這麼點東西本來不算什麼，只是今日剛剛秋收，大家還沒把租稅交上來，要不然這樣，等一個月後的稅收上來，我立刻送上門來給您如何？」

莊子如此通透的一個人，當即就意識到自己被人給耍了，但他一向不是一個肯吃虧的人，抿了抿嘴說：「既然如此，多謝您了！忘了和您說件事情，昨天在我來的路上，發生了一件奇怪的事，我遇上了一條會說人話的魚！」

監河侯愣了愣道：「這世上真有會說人話的魚嗎？」

莊子做出一副百思不得其解狀道：「我趕著車走在半路上，突然聽到有人喊我的名字。可是環顧了四周總看不見人影，如此再三，最後終於在路邊一條快要乾涸的車轍裡發現了一條鯽魚，原來說人話的就是牠了！」

監河侯來了興趣，立刻問道：「牠和您說了什麼呢？」

莊子道：「牠在向我求助，說牠本來生在東海，不幸被大浪沖上了岸，被漁夫捕捉住想拉到市集上去賣，結果半路跳出魚筐，現在無力自救了。牠想求我幫忙找點水來，先解燃眉之急救救命。」

監河侯問：「那您一定給牠水了？」

莊子冷笑道：「我告訴牠要水可以，不過要等我回到南方，勸說吳王和越王，請他們把西江的水都引到你這裡來，這樣就能直接把你接回東海老家去了。」

監河侯覺得這個方法簡直匪夷所思極了，呆呆地問道：「這樣能救這條魚嗎？」

莊子道：「那條魚聽到了我的主意，氣得直翻白眼，說當下只需幾桶水就能解困，你說的所謂引水全是空話，不用等到水引來，我早就成了魚市上的乾魚了！」

智慧人生

解決問題，要從現實的時間、地點、條件出發。空話、大話、漂亮話，除了勾勒出說話人的嘴臉以外，是無法解決任何實際問題。

諱疾忌醫——掩飾

扁鵲原名秦越人，由於醫術高超，被譽為神醫。他和長桑君學習醫術，奠定了中醫學的切脈診斷方法，開啟了中醫學的先河。

在民間傳說中，長桑君是仙人下凡，扁鵲在年輕時認識他的。當時，扁鵲是一家客店的店長，每日招呼來來往往的客人。一天，來了一位客人，此人便是長桑君。扁鵲見長桑君氣度不凡，不僅在態度上畢恭畢敬，還多方給予優待。長桑君經過長時間的觀察，發現扁鵲是個人才，也與他親近起來。兩人相交十多年，最後成了無話不談的知己。

後來，長桑君向扁鵲辭行。扁鵲捨不得這位朋友，執意挽留。長桑君道：「天下沒有不散的筵席。我已經老了，還有些未完成的事情需要去做完才能安心離開人世，希望你不要阻攔我。」扁鵲見好友心意已定，就含淚擺了酒宴為他餞行。

臨行前，長桑君對扁鵲道：「我身上藏有神秘的藥方，現在傳授給你，希望你能用它造福於人，但切記不要說出我的名字。」扁鵲點頭應允。

長桑君這才取出一個小紙袋，遞給扁鵲，說道：「藥就在紙袋中，共有三十粒，你用雲清

泉的泉水每日服下一粒，三十日之後便可洞察一切了。」說完，他又將一部醫書交給了扁鵲，說醫書記載了世間九千九百九十九種疑難雜症的治療方法。說完這些之後，長桑君瞬間消失在原地。扁鵲這才知道，自己遇上的是仙人。

從這天起，扁鵲按照長桑君的話每日吃藥，三十天後，隔牆便可看見牆對面的是誰，用這雙眼睛去看人，五臟六腑都看得清清楚楚，加上醫書中所記載的藥方，便可做到對症下藥，藥到病除。

以上的故事帶有神奇的色彩，但事實上，扁鵲的醫術確實很高明。

有一次，晉國的大夫趙簡子病了，五日五夜不省人事，扁鵲看了以後說，他血脈正常，沒什麼可怕的，不超過三天一定會醒。過了兩天半，趙簡子果然甦醒了。還有一次，扁鵲路過虢國，見到那裡的百姓都在進行祈福消災的儀式，就問是誰病了。宮中術士說，太子死了已有半日了。扁鵲問明了詳細情況，認為太子患的只是一種突然昏倒不省人事的「屍厥」症，於是親自去察看診治。

他讓弟子磨研針石，刺百會穴，又做了藥力能入體五分的熨藥，用八減方的藥混合使用之後，太子竟然坐了起來，和常人無異。繼續調補陰陽，兩天以後，太子完全恢復了健康。從此，天下人傳言扁鵲能「起死回生」，但扁鵲卻否認說，他並不能救活死人，只不過能把應當活的人治好罷了。

若說到扁鵲最著名的傳說，自然是扁鵲來到了蔡國發生的事。當時蔡國的國君蔡桓公知道他聲望很大，便宴請扁鵲。扁鵲見到桓公，說道：「君王有病，可能會危及生命，不過目前病情尚淺，就在肌膚之間，若是不治，恐怕會加重的。」桓公不相信，自己身體十分健壯怎麼會生病呢？因此心中很不高興。

十日後，扁鵲再去見桓公，力勸他說：「大王，您的病又一次加重了，已到了血脈，不治還會加深的。」桓公仍不信，而且更加不悅了。又過了十天，扁鵲見到桓公無奈地說：「請您相信我一次，您的病已到腸胃，不治的話就來不及了。」桓公十分生氣，命人請扁鵲離開。

十天又過去了，這次，扁鵲一見到桓公，什麼也不說，轉身就走。桓公十分納悶，就派人去問，扁鵲說：「病在肌膚之間，可用熨藥治癒；在血脈，可用針刺、砭石的方法達到治療效果；在腸胃，藉助藥酒的力量也能達到；可是病到了骨髓，就無法治療了。現在大王的病已在骨髓，我也無能為力了。再待下去，過不了幾日君王病發，到時候治不好反而是我的過錯了。」果然，五天後，桓公身患重病，忙派人去找扁鵲，早就不知道他的蹤影了。不久，桓公便一命嗚呼了。

智慧人生

「諱疾忌醫」原意是不要像蔡桓公那樣忌諱談疾病，因為在扁鵲這樣的名醫面前，任何疾病一診便知，企圖隱瞞、拖延，只不過是對自己生命不負責任的表現。它給我們的啟示是，要正視自己的缺點不足，對於別人提的意見，應該認真對待，改進自己的不足之處。

守株待兔——運氣

宋國有一個農民，新娶了一個妻子。他每天在田地裡勞動，生活雖然辛苦，但日子總還算過得去。

每天，他都是天未亮的時候就下田幹活妻子會在中午時給他送頓午飯，到晚上再趕回家吃晚飯，如此年復一年。

有一天，這個農夫依舊在田裡工作，突然聽到咻的一聲，只見一個灰色的毛團一樣的東西從草叢中竄出來，從眼前一晃而過。農夫嚇了一大跳，接著就聽「砰」的一聲，妻子剛剛送來的午飯被這個毛團樣的東西撞翻了，水罐當場就摔在田裡跌了個粉碎，飯撒了滿地都是。

這時農夫才看清剛剛衝出來的是一隻野兔，立刻氣不過地拿著鋤頭就追了上去。野兔很膽小，一見有人追，受了更大的驚嚇，拼命向前跑去。大概上天不眷顧牠，匆忙逃跑的兔子並未發現前面有一個樹樁，一頭撞了上去，當場斃命。

農夫大喜：「嘿嘿，今晚有肉吃了！」想到這裡，他也不幹活了，直接拎起死兔子的耳朵，往自己的肩膀上一搭，開開心心地回家去了。妻子剛開始見到他，覺得很納悶：「難道丈夫今天偷懶不幹活了？可是當農夫把兔子遞給她的時候，妻子非常的開心，她開玩笑地說道：

「你今天怎麼搶了獵戶的生意開始打獵了？」

農夫哈哈大笑道：「這兔子是自己送上門來的！」於是，他就將今天發生的事情原原本本和妻子說了一遍，妻子逗趣道：「要是以後每天都能碰到這樣的兔子就好了！」

說者無意，聽者有心。就寢時農夫總在琢磨著，要是以後每天能遇上這樣一隻兔子該有多好，除了能吃肉，皮毛也可以賣錢。睡夢中，他還真的夢見自己靠兔子賺了一大筆錢，然後過著好日子。

醒來後，農夫總覺得意猶未盡，扛著鋤頭下田的時候也不像以前那麼專心，總是每隔一會兒就往草叢裡瞄一瞄或者是到樹林裡聽一聽，希望還能遇見一隻自己可以撞死自己的兔子讓他帶回去。如此這般，他每日魂不守舍，幹活也是做一半，漏一半，他的妻子一開始還勸他，農夫雖然滿口答應但就是惦記著，最後天天守在那隻兔子撞死自己的樹樁邊，眼巴巴地等著第二隻兔子上門。

俗話說，種瓜得瓜，種豆得豆。到了秋天，農夫那缺肥又缺少專人管理的莊稼徹底枯死，一粒糧食都沒結出來，而這時，他還是沒有等到另一隻撞死的兔子。

從這以後，守株待兔的農夫成為了宋國人茶餘飯後的笑料。

智慧人生

必然性與偶然性揭示了事物發展中的兩種不同趨勢。一隻兔子撞死在你面前，就和某天你突然中了樂透的機率是一樣的。所以，碰上改變的機會，遭遇幸運誘惑時，不要被事情的偶然性和表面性所迷惑，否則代價慘重，悔之晚矣。

掩耳盜鈴——自欺

春秋時候，貴族之間的勢力此消彼長，也許今天你還在享受著榮華富貴，而明天你的家就會變成一片瓦礫。這不，剛剛經過的一場政治抗爭，晉國貴族智伯最終滅掉了死對頭范氏，並且在搜刮了范氏家所有值錢的金銀細軟之後，心滿意足地離開了。

大家對此已經習以為常了，而且這還促進了另一個行業的發展。我們都知道，抄家都會選擇最值錢的拿，而貴族抄家更是如此。因此一些遺留下來的東西對他們來說，根本就是不值錢的垃圾，而對於一般百姓來說，則是難得的發財機會，畢竟一個貴族只要邊邊角角略微掃出一點什麼，這一輩子都可以享用不盡

了，而且偷竊起來其實並不難，只要你不要笨到被抓到就可以。因此，這次范氏被抄家，便已經被人盯上了。這個人顯然是個新手，他看上了院子裡吊著的那口大鐘。

說起來，這個鐘做的確實很不錯，由上等青銅鑄成，造型古樸，足有一個人那麼高。這個菜鳥小偷此時根本沒考慮體積的問題，只想著這麼一個寶貝應該能值不少錢，一定要把它弄回去。小偷慢慢地把這口鐘放在地上，緊接著他發現了一個難題：自己究竟要怎樣才能把它弄回去呢？背回去，這口鐘的重量實在太驚人，把鐘砸開，又有些捨不得。小偷猶豫來猶豫去，如果自己不動手，這鐘早晚也是別人的，還不如砸成碎塊來賣錢。

這樣想著，小偷便拿出了自己隨身攜帶的一把大錘，卯足了全身的力氣掄起錘子向鐘砸去，只聽見「鏗」的一聲巨響，震的耳朵都麻了。小偷心裡暗暗叫聲不好，這麼大的聲音不就等於是告訴人們我正在這裡偷鐘嗎？他心裡一急，身子一下子撲到了鐘上，張開雙臂想捂住鐘聲，可是鐘聲又怎麼捂得住呢？鐘聲依然悠悠地傳向遠方。他越聽越害怕，不由自主地抽回雙手，捂住自己的耳朵。

「咦？鐘聲居然變小了？」小偷疑惑了一下，頓時大喜：「哈哈，只要我捂住自己的耳朵，就聽不到鐘聲了，就可以放心地把鐘敲碎帶走了！」於是，他立刻找來一團棉花，塞住了自己的耳朵，放心地大搞破壞，那鐘聲也就伴隨著一錘錘有力地敲打一聲聲地傳播出去。不得不說，這真的是口好鐘，聲音洪亮悠揚，將半條街的人都吵醒了。大家尋著聲音蜂擁而至，二話不說就將還在努力砸鐘的小偷一把按住，送往官府。被抓的小偷心中最大的疑問就是：我明明把耳朵塞起來了，為什麼還有這麼多的人聽到了呢？

智慧人生

掩耳盜鈴原指，自己認為是這樣，那麼別人也會同樣認為是這樣。它啟示我們要多學習多瞭解，千萬不要自以為是，要知道自己的言行舉止都在社會的監督之下。

買櫝還珠——本末

從前，有一個做珠寶生意的楚國人，喜好遊歷四方。

有一年，他泛舟湖上時，見到了一個受重傷的漁夫，出於仁義之心，這個楚國人找來了大夫為這個人看病。可是這個漁夫的傷勢實在是太嚴重了，最後還是死掉了。在臨死前，他對楚國人講：「我是個將死之人，也沒有辦法報答您的恩情了。這樣吧！等我死後，你剖開我的左大腿，裡面藏有珍寶，就送給您當作回報吧！」

楚國人依照漁夫所說的話在他的左大腿中找到了一顆很大的珍珠，的確很稀有貴重，但是要說舉世無雙也談不上。做為一個珠寶商人，時刻都在算計著如何能讓自己的商品能賣一個更高的價格。面對這樣一顆珍珠，楚國人想了想，決定在包裝上狠下一番功夫。首先，他找來名貴的木蘭，讓最好的工匠製作成木匣，並在上面雕了龍鳳呈祥的圖案，然後用桂椒燻染了七七四十九天。這樣一來，木匣便會在很長的一段時間內保持讓人心情愉悅的香氣。再用細碎的小珍珠點綴在匣子的四角，用美玉做為盒面上的裝飾，其他的地方用翠鳥的羽毛點綴。於是，一個精美的匣子就出現在了人們的面前。

一天，這個楚國人的店鋪中來了一位重要的客人，據說這個人是鄭國最富有的人。他在店

舖裡走了一圈，對那些珠寶都看不上眼，於是楚國人就拿出了放有珍珠的木匣讓這位客人觀賞。鄭國人看到這個匣子十分開心，並說這就是自己一直一來在找的東西，他讓楚國人開價，最後以千金成交。成交後，鄭國人對木匣依舊讚不絕口，楚國人說：「那您看看這顆珍珠如何呢？」鄭國人看了看，不屑地說道：「不瞞您說，這種珠子我們家裡有很多，不是很在意的。」說著，鄭國人便將珠子從匣子裡拿出還給了楚國人。送走鄭國人後，楚國人感嘆了一番，並說自己想再去做一個匣子。

假如故事只到了這裡，則顯得太無聊了，沒想到第二個匣子還沒做好，又有人上門和楚國人說想要買這顆珍珠。楚國人這次學聰明了，他讓對方先開價，對方說一千金，他搖了搖頭，對方說兩千金，他依舊搖了搖頭，對方咬咬牙說三千金，真的不能再多了，楚國人心想也差不多了，便以三千金成交了這顆珍珠。狠賺了一筆的楚國人心情十分高興，對買下珍珠的人說：「請您再等兩天，與這個珍珠相匹配的匣子還沒有做好，到時候才叫相得益彰呢！」說完，又將那天鄭國人千金買盒子的事情說了一通。

這個人覺得不可思議，他驚訝地說道：「這世上還有這麼蠢的人嗎？放著舉世無雙的珍寶不要，去買華而無實的木匣？」楚國人頗有點不高興地回答：「這珍珠雖然珍貴，卻也不是舉世無雙，而且木匣確實做得非常漂亮。」

這個人哈哈大笑道：「既然我們已經做好了這筆生意，我也不打算瞞你了，你我都知道最好的珍珠出自東海和南海，你賣給我的這顆珍珠叫做『母珠』，意思就是萬珠之母。只要拿著這顆珍珠到東海和南海去，放在水面上，不用一個時辰，天下最好的珍珠都會聚攏到它的周圍。不要說是三千金，就是萬金我也會買下來的。不可否認，你是一個善於賣木匣的人，但是很顯然，您是個不會賣珍珠的人。」楚國人聽到這番話，後悔不已，只能眼睜睜地看著那件稀世珍寶被人帶走了。

智慧人生

這則寓言諷刺了那些只重形式、不顧實質的人，也用它比喻取捨不當、輕重倒置的情形。但是，我們也可以另做理解，買櫝之人有可能是一位非凡的藝術家或收藏家，他所欣賞的「價值」是木匣的藝術美，而不是世俗認可的價值。

囫圇吞棗——利弊

從前有個文人，他在看書的時候，總會把書中的文章大聲唸出來，這樣他記文章的速度就會非常快，可以將整本書一字不落地背誦出來。相對的，這個人從來不動腦筋想一想書中的道理，只為了快快背完好向別人炫耀。在大家的誇獎聲中，他自以為懂得許多道理，說出來的話一定會令人信服。

有一天，他參加朋友的聚會，大家邊吃邊聊，其中有一位客人感慨萬分地說：「這世上很少有兩全其美的事，就拿吃水果來說：梨子對牙齒很好，但是吃了傷胃；棗子能健胃，可惜吃多了會傷牙齒。」大家都覺得很有道理。這個人為了表現自己的聰明，就接下去說：「這很簡單嘛！吃梨子時不要吃進果肉，就不會傷胃；吃棗子時整個吞下去，就不會傷牙啦！」

這時桌上正好有一盤棗子，他說完便拿起一顆棗子放在嘴裡，直接吞了下去。大家怕他噎到，連忙勸他說：：「千萬別吞，卡在喉嚨多危險呀！」有個喜歡開玩笑的人說：「你真是囫圇吞棗呀！」大家聽了，都笑得前仰後翻。

智慧人生

世間的事大都有利有弊，而興利除弊要有恰當的辦法。像這樣違背常理的囫圇吞棗，只不過是增加笑料罷了。

一家成仙——幻想

在粵地有個採藥人，靠採藥累積下了一大筆家財。別人有了錢通常都會大興土木，置辦豪宅，他則不然，四處收集一些與眾不同的藥草以顯示自己不俗的品味和眼光。而辨識這些藥草還需要一些專業的書籍和圖鑑，因此他也十分願意花大價錢買下來。

這個採藥人素來篤信神仙。他一天到晚朝思暮想的，就是成仙得道，最後簡直到了癡迷的地步。可是要想成仙，有什麼門道呢？採藥人想不出好辦法，很苦惱。

他想：「成仙的人雖然很少，但我這樣誠心，老天怎麼還不選中我呢？」

有個騙子知道了這個消息，心裡暗暗作喜，認為發大財的機會來了。

在某天的上午，採藥人剛要出門，就看見一個鶴髮童顏的老者走上前來道：「我聽別人說您很喜歡收集藥草之類的書籍，不知道我手裡這本祖傳的神藥集萃您是否看得上呢？」

採藥人接過老者遞過來的一本陳舊的書看了看，只見前面記載的都是一些自己見過的珍貴藥材，但是從中間開始，出現的都是自己沒見過的藥材，而且其中幾種據說還有起死回生、成仙得道的療效。採藥人看過之後，十分激動地說：「這本書非常不錯，我願意買下來，您開個價吧！」兩人經過一番討價還價，最終採藥人用了十兩金子買下了這本書。

從那天之後，採藥人就每日翻閱這本書，把那些神奇的藥草記在心裡。比如，有一種神奇藥草叫七色靈芝，人吃下了之後就能成仙。採藥人哪裡知道這是騙子故意來坑害他的呢？而且這個人十分聰明，將他所知道的藥材先編寫在前面，取得了他的信任，後面才是自己瞎編的。

可是世上的事情就是這麼巧，當採藥人某天在深山裡發現了一株貌似靈芝，而且是七色斑斕的蘑菇時，簡直驚喜若狂，這不就是書上所寫的「神芝」嗎？他興高采烈地把這株植物帶回家，對自己的妻兒說：「你們看，這就是前幾天我在書上看到的『神芝』，吃了可以成仙。我聽說成仙一定要有緣分，老天是不肯隨便讓人成仙的。現在，這麼難得到的東西都讓我得到了，我一定是個有緣之人。從明日開始，我沐浴吃齋，準備成仙！」三天之後，採藥人恭恭敬敬地捧出蘑菇，將它煮熟，然後夾起一大塊蘑菇就往口裡送。這一吃可糟了，採藥人立刻感到腹痛難忍，腸

子好像要斷掉一樣。他倒在地上滾了幾滾，就氣絕而亡了。

看到父親暴亡，兒子卻不悲傷，他對母親說：「世人都為形骸拖累，所以難以得道。現在，我父親已脫去形骸，成仙而去了。」說完，他便去吃那剩下的蘑菇，很快便走了父親的老路，中毒死了。家中其他的人對成仙也是執迷不悟，不加思索地又去爭吃蘑菇，結果都「成仙」了。

智慧人生

明明是毒蘑菇，採藥人一家卻堅信不疑地認為是靈芝，之所以這樣，是因為他們總是幻想能僥倖遇到好運，白白獲得好處，這真是利令智昏！要想過得好日子，只有靠自己踏踏實實努力工作，才是一條靠得住的途徑，否則就會付出慘重的代價。

魏人識器——偏狹

有一個魏國人，從小跟著父親學習古董知識，因此善於辨識器物。長大後，他在當地已經是小有名氣了，很多人都喜歡拿自己的收藏品請他鑑別。

一次，黃河發大水，沖垮了兩岸的堤壩。等洪水退去後，人們發現河岸邊多了很多文物，便一窩蜂地跑去找寶貝。這個魏國人遇上了此等好事，哪有放過的道理呢？不過他得到消息明顯晚了一些，最後只在河灘上拾到一個銅製器具。

「湊合吧！聊勝於無」。魏國人心裡這樣想著，就把這個銅製器具放在懷裡帶回了家。他把這個銅製器具清洗了之後，發現它的樣子像只酒杯，兩旁有花紋，光彩奪目，看起來倒像是十分值錢的東西。魏國人高興地邀請親朋欣賞，但是誰都沒有見過，最後判定這是上古的酒器。眾人用此物盛滿了酒，互相豪飲一番。自此，這個銅製器具成了魏國人的看家之寶，每當有重要的客人到來，他都要拿此物給客人斟酒以顯示敬意。

又過了幾年，這個魏國人外出遇上了強盜，身上的錢財全部被搶去後，強盜還想要殺人滅口。就在此時，他被一個人救了下來。魏國人很感謝這個人的救命之恩，就請他到家裡去做客。這個人也沒推辭，兩人一併結伴同行。言談之中，魏國人感到自己救命恩人學識淵博，仔細問了問，果然是行業大家出身。

魏國人心裡竊喜，正好讓他看看我家的寶貝。到了家後，他立刻命人大擺筵席，席間當然也把那件古物拿出來。魏國人親自斟酒，遞到恩人面前，卻見這人很驚訝地問：「你從哪裡弄來的？」魏國人心中大喜，莫非真是件好寶貝？於是說道：「這是前幾年黃河決堤，沖出來的寶貝，我們也不知道這個是做什麼用的，只當是酒器，不知道我說的對不對呢？」

這個人臉色變的十分奇怪，說道：「它並不是用來做酒器的！」魏國人覺得有些失望，繼續問道：「不是酒器，那會是什麼器物呢？」此人咳嗽了幾聲，才吞吞吐吐地說：「咳，其實這個東西倒真是件古物，只不過不是用來喝酒的，這是摔角家們用以保護生殖器的『銅褶』，我是真的不想拿它來飲酒啊！」

魏國人非常羞愧，立即將其拋到一邊說道：「我自詡對文物知道的很多，今天才知道原來自己是井底之蛙，不過丟了一次臉卻認識了您這樣一個好朋友，也算是很值得了！」

兩人相視大笑，從此成了無話不談的好朋友。

智慧人生

有的時候即使我們知道很多也無法保證自己不犯錯誤，而在犯錯後最好的方法就是誠懇地認錯。讓那些丟臉的事情像浮雲一樣飄走，至少在知道錯誤的同時我們學到了知識。

五十笑百——不自知

做為一個名人，和君王講自己的主張是很平常的一件事情。以下便是有史料記載的孟子與梁惠王之間的一段有名的對話。

梁惠王抱怨道：「寡人對於國家真的是很盡心了。我國的河內發生災荒，寡人便把河內一部分的百姓遷移到安全的河東去，並且把糧食運到河內去賑濟。如果是河東發生災荒，寡人也同樣這麼做。寡人查看了周邊幾個國家國君的政務，沒有哪個國君能比寡人這樣為百姓操心。但是很奇怪，鄰國的人口並不減少，而我國的人口並不增多，這是什麼緣故呢？」

孟子笑了笑回答道：「對待一個複雜的問題時，我們用對方最喜歡的事物來打比方總會使人能夠容易理解。我聽說大王喜歡打仗，那麼請讓我拿打仗來作比喻吧！假設戰場之上，兵士咚咚地擂起戰鼓，雙方刀刃劍鋒相碰，你死我活，總有一方勝利，一方潰敗，那潰敗的那一方必然會有士兵丟盔棄甲，拖著兵器逃跑。可能有的人逃了一百步停下來，而有的人逃了五十步停住了腳。這時候，如果那些只逃了五十步嘲笑那些逃了一百步的人是膽小鬼，您會有什麼感覺呢？」

梁惠王驚訝地說：「那怎麼可以呢？同樣是逃跑的行為，只不過後面的逃不到一百步罷

了，本質上是一樣的啊！」

孟子點點頭說：「您說的非常對，身為一個國君，賑災本就是您應盡的職責所在，或者您因為其他君王做的實在不合格相對比而產生了自己其實是個好君王的錯覺。大王既然懂得這一點，那就不能夠指望魏國的百姓會比鄰國多出來了！」

被當面指責，梁惠王顯然很不高興，但他還是耐下性子問：「按照先生的意思，那要怎麼做才能算得上是一個真正的好君王呢？」

孟子認認真真道：「不耽誤百姓的農時，糧食就吃不完；細密的魚網不放入大塘捕撈，魚鱉就吃不完；按一定的時令採伐山林，木材就用不完。糧食和魚鱉吃不完，木材用不完，這就使百姓養家活口、安居樂業，生有所依，死無遺憾。如果可以使百姓生養死喪沒有什麼遺憾，這就是王道的開始了。

「再往上一層，人民可以達到的更高尚的生活，比如在五畝田宅地的房前屋後多種桑樹，放養蠶種，這樣吐出的絲便足夠讓五十歲的人穿到絲棉襖了；雞、豬一類家畜，不錯過牠們的繁殖時節，這樣七十歲的人就能吃到肉了；一百畝的田地，不要佔奪種田人的農時，這樣打出來的糧食可以使幾口人的家庭不餓肚子了。另外，加強學校對於禮義的教育，不斷向年輕人灌輸孝順父母、友愛兄弟姐妹的道理，小孩子接受了好的教育會變得樂於幫助別人，那樣的話頭髮花白的老人就不必肩扛頭頂著東西趕路了。七十歲以上的人有絲綢穿，有肉吃，一般百姓餓不著、凍不著，這樣還不能實行王道，是從來不曾有過的事。而現在在您的國家裡，富貴人家的豬狗吃著人吃的糧食，而您卻不知道制止；道路上有餓死的屍體，卻不知道開倉賑濟；人餓死了，卻說『這不是我的責任，是收成不好』，這跟拿出一把刀把人刺死了，卻說『不是我殺的人，是兵器殺的』，又有什麼兩樣呢？因此。只要照我說的推行仁政的話，這樣天下的百姓就會投奔到您這裡來了。」

智慧人生

我們經常會犯這樣的錯誤，在指責別人的時候義正詞嚴，而自己犯著同樣的錯誤卻不自知。這就提示我們，看事物應當看到本質與全局，不能只看表面和局部。

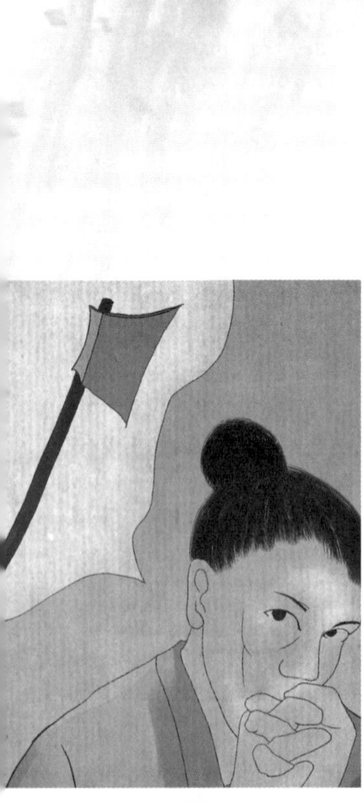

第四章

那些性格上的缺陷

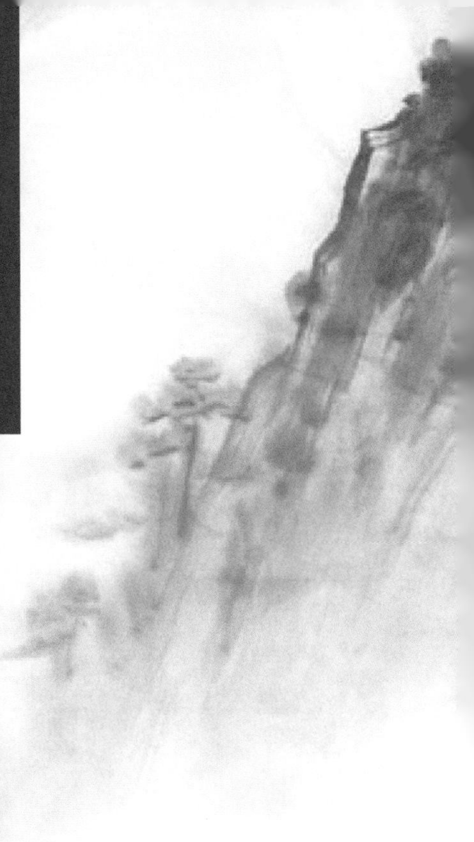

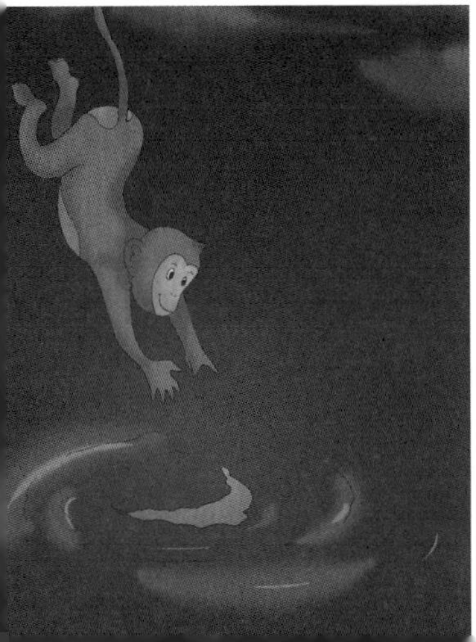

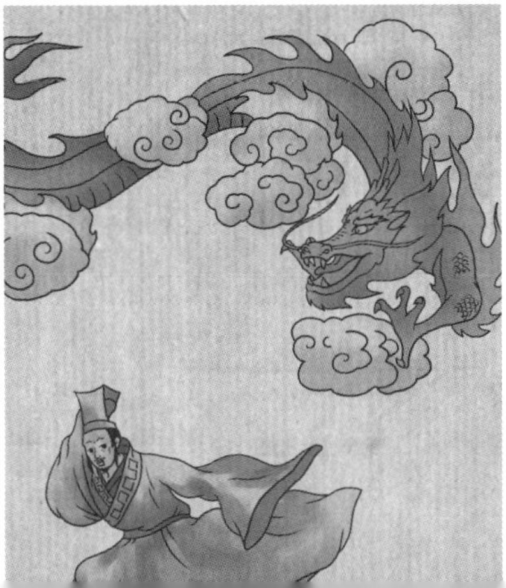

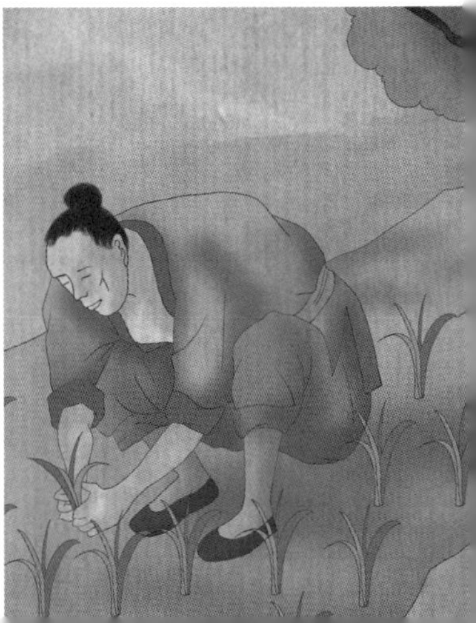

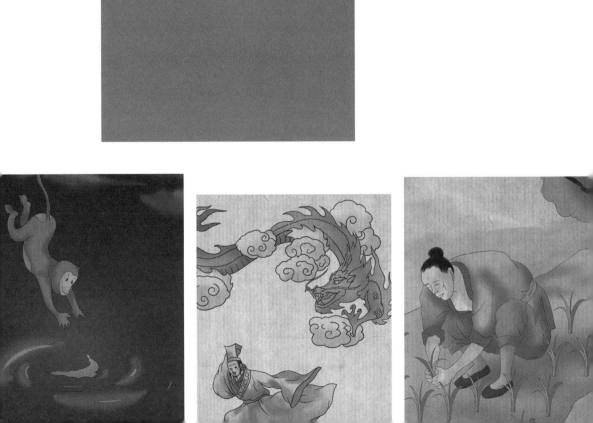

盲人摸象——片面

據說在很久以前，遙遠的印度有一位很有才能的國王，他將自己的臣民管理得很好，人民安居樂業，國家興旺強盛。但是最近他發現了一個問題，也許是物極必反，安逸的日子大家過得實在太久了，所以一些旁門左道的東西紛紛出籠了。

這種風氣瀰漫的越來越厲害，到最後整個國家只有國王一個人還在信奉原本正確的佛法真理，而臣民們卻在細節末節上誇大扭曲。這就好比懷疑日月的光輝不是真實存在的，反而只相信螢火的微亮才是人間的真實一般。國王覺得不能再放任下去了，必須採取措施來教育臣民。

他經過幾天的冥思苦想，終於想到了一個辦法，於是召集大臣們說：「最近有件事情很急，具體是什麼我暫時沒辦法告訴你們，但是需要你們先把國境內所有生下來就瞎了眼睛的人都找到宮裡來。我只能給你們七天的時間，能找到多少就是多少，盡快帶回來！」

大家雖然摸不著頭緒，但既然是君主的命令，也只能照辦，於是所有的大臣便奉命分頭在國內四處尋找瞎子，並在第七天的時候把他們都帶到了宮殿裡。

國王命令大臣們安置好這些瞎子，然後對宮廷馴獸員說：「明天上午的時候，記得從我的獸苑裡牽一頭大象到大殿上去。」接著，他讓大臣對外張貼榜文，明天上午宮廷舉行活動，允許前一千名平民進宮參加。

這個消息一傳出，很多人天不亮就向皇宮出發了。來到宮殿的時候，大家看到了很驚奇的一幕：一隻大象站在宮殿中央，除了國王和大臣們以外，還多了一群盲人站在大象前方。

國王心裡非常高興，目前自己的計畫還是很完美的，下一步就可以開始進行重點教育了。他揮手致意，讓衛士把盲人帶到了大象的四周，宣布道：「今天請你們過來就是想讓你們摸一樣東西，然後給大家講述一下你們摸到的是什麼，答對的人會有獎勵。周圍的人不可以提示，不然會被衛士扔出去。」這些盲人聽後便開始觸摸自己身邊的大象，有的摸到象腿，有的摸到象尾巴，有的摸到象鼻子……

過了一會兒，國王讓大家停下來，問道：「你們面前的這個動物是大象，現在，你們和我說一下對牠是什麼樣的印象吧！」

摸到象腿的盲人說：「陛下，這個大傢伙從上到下是一樣粗細的，就像個很大的木桶一般。」

摸到象耳朵的人說：「哪裡是上下一樣的，明明是凹凸不平的，就好像一個簸箕一般。」

摸到象背的人很不服氣地道：「誰說的，那明明像一個高高的茶几！」

摸到象牙的人大聲吼道：「沒有，那是彎曲光滑的，就像角一樣尖尖的動物。」

此外，摸到象肚子的說像鼓，摸到象尾巴的說像掃帚，大家誰也不服誰，都說自己摸到的才是正確的。這實在不能怪他們，從他們生下來就沒見過象是什麼樣的動物，於是大家都堅持自己的看法，很快吵成了一團。

這時候，國王讓大家停止爭吵，笑道：「你們沒有看見過象的全身，自以為認識了象的全貌，就好比沒有聽見過佛法的人，自以為獲得了真理一樣。」接著，他對民眾和大臣們說道：「這就是我今天想告訴你們的話，去相信那些淺薄的邪論，而不去研究切實、整體的佛法真理，和那些盲人摸象，有什麼兩樣呢？」

智慧人生

這則古老而簡單的寓言包含著深刻的哲理：在工作、生活和戀愛中的我們有很多人都像故事中的盲人一樣可笑而不自知，他們妄自揣測生活和他人，並堅信自己的判斷是正確的。其實，從古到今，這個世界上所有的人，在一定程度上都是「盲人」，包括你我在內。無論我們怎樣努力，我們只能看到世界和生活的一部分。但這並不可怕，可怕的是我們堅信它是生活的全部、是生活的絕對真理，並因此輕易地否定他人的看法。要避免出現這種錯誤，唯一的辦法是多觀察，多瞭解，不要輕易下結論。

蹶叔三悔——固執

從前有個人名叫蹶，他一向自大，很少聽得進去別人的意見。

蹶的父母相繼去世後，留給了他一份產業，大家對他的稱呼也漸漸地改變了，現在的小孩子經常稱呼他為「蹶叔」。

蹶叔的父母留給他的產業就是一塊田地，在當地一座名叫龜山的北面，既有能種稻子的低地，也有能種穀子的高地，而且它是這個地方最好的一塊田地了。可是蹶叔卻是反其道而行之的，他用高地種稻，用低地種穀。一個熟悉農業的朋友告訴他：「蹶啊！稻子因為需要大量的水才能長得好，所以通常是在低地上種植，以便引水澆灌；而在陽光充足，晝夜溫差比較大的高地，穀子才能結出飽滿的顆粒來。你現在這樣本末倒置，收成是不會好的啊！」

蹶叔聽到了很不高興地說：「我每天盡力為它們施肥，收成也不會差的！。」一連種了十年，不管蹶叔用什麼辦法改良，糧食的產量始終非常低，到了最後一年的時候，他甚至連糧倉的儲備糧都賠光了。這個時候他才對朋友說：「我知道悔改了。」

不久，蹶叔到汶上經商，他總是看到哪種貨物最暢銷，就趕著去搶購，沒有哪一處是不和別人競爭的。看到這種情況，一個長年做生意的朋友給他出招：「蹶啊！我告訴你一個做買賣的秘訣，那就是不要去和別人搶購目前看起來銷路很好的商品，而是要多逛市場，發掘不一樣的貨物，然後用低價把這些貨物囤積起來，等到它們價格變高的時候再賣出去，這樣你所能獲得的利潤就相當可觀了！」

蹶叔不喜歡別人來指導他：「下次我會記得更快出手的，這樣就不會虧本了，謝謝你的指導，但我暫時還用不到。」這樣的生意一做就是十年，蹶叔買賣十次，五次是虧損的，三次是平進平出的，只有兩次賺到了錢，但賺來的錢還不足以彌補那五次虧損下的窟窿。這個時候他才後悔，懷著歉意向經商的那個朋友作揖說：「從此以後，我不敢不悔改了。」

後來，他乘大船去航海，邀請他的朋友一起去。他的船航向東行，到了深海的邊沿。他的朋友對他說：「我們好像是快要到歸墟了，如果再往前行，恐怕很難出來了。」歸墟取材於《列子·湯問》，說渤海之東，有一處無底之谷，名叫歸墟。可惜的是，蹶叔認為這一路上風平浪靜，什麼都沒有發生，便不肯停船。果不其然，船開進了深海的大坑裡，在那裡面待了九年，後來藉助於一次強烈的海風和浪濤的推動，才把船沖了回來。

等到蹶叔回來的時候，頭髮全白了，身體像乾肉一樣瘦，沒有誰能夠認出他來。他向朋友拜了兩拜，叩頭道歉，仰望天空發誓說：「我要是再不悔改，有太陽作證！」朋友笑著說：「你悔改倒是悔改了，只是來不及了！」

智慧人生

像蹶叔那樣的人，做事情不瞭解事物的客觀規律，盲目自信，而又喜違人言，不聽內行人的勸告，只能招致失敗。失敗後，雖然口頭上有後悔的改正錯誤的表示，但並未認真汲取教訓，仍然一意孤行，重蹈覆轍。歲月蹉跎，最終必將失去改正錯誤的機會，一事無成，悔恨終身。這篇寓言，對我們的工作、研究、學習各方面，都有重要的借鏡作用。

鄰人偷斧——多疑

有一個鄉下人，腦子不太靈光，經常丟東丟西。有一年，他種的玉米獲得豐收，不僅賣了一個好價錢，更重要的是，他還留下來了一批優良的玉米種子。在將這些玉米種子風乾之後，他將其收集起來，準備放到自家的地窖中儲存起來，以備來年之用。在放置種子的過程中，他又犯了老毛病，將隨身攜帶的一把斧頭忘在了地窖中沒有帶出來。

幾天以後，他用斧頭時，才發現斧頭已經遺失了。斧頭究竟放到哪裡了呢？首先他在自己常放斧頭的地方，比如自家的門後面，桌子下面，堆柴草的房裡找了一遍，但沒有找到。接著，他找了自己很少放東西的地方，還是沒有找到。這時，鄰居家的小孩拿著一只風箏從門外跑過，另一個小孩在背後大喊：「快把我的風箏還給我，你這個小偷！」

鄉下人見狀，突然恍然大悟，既然風箏可以偷，那麼斧頭自然也能偷了，從這以後他就懷疑了鄰居家的兒子。但是嫌疑歸嫌疑，兩家的關係一向不錯，到底是不是那個小孩子偷的，沒有證據這個人也是不能亂講的。

凡是作案都會露出馬腳，從那天起，鄉下人便開始仔細觀察鄰居家的那個小孩，覺得他走路的樣子像偷了斧頭，說話的樣子像偷了斧頭，臉上的表情、動作舉止，沒有一樣不像偷了自己斧頭。

如此又過了幾天，這個人到地窖去儲存物品。當他下到地窖裡的時候，發現那把不見了好多天的斧頭正躺在地面上。

第二天，他見到鄰居小孩的時候，發現小孩的一舉一動、一言一行，一點也不像是偷斧頭的樣子了。

智慧人生

沒有充分根據，僅憑主觀臆測，就妄下結論是錯誤的。因此，在遇到比較複雜的問題，應該先從自己主觀上找找原因，客觀、全面地看問題；如果把主觀臆測當作判斷是非曲直的根據，難免就會得出片面的結論，害人而不利己。

揠苗助長——短視

戰國時期，宋國有一個人世代以種莊稼為生，每天天不亮就出門去田地裡勞動，一直忙到太陽下山才能回家。遇到下大雨的時候，他也戴著斗笠冒雨在田間犁地。

有一年，種下禾苗後，宋國人希望它快快長高，結出果實，便每天都到田地裡去看。但是不解人意的禾苗，似乎一點也沒有長高，這真是讓人著急。一天，他坐在田埂上休息，望著眼前這片莊稼地，一陣焦急又湧用心頭。他連妻子送來的午飯都沒有吃，只是對著禾苗自言自語道：「你們知道我每天耕種有多辛苦嗎？我每天都要辛辛苦苦為你們操勞，一天停下來的時間都沒有，這樣的日子我真是受夠了！為什麼你們不快快長高呢？」

說著說著，他突然靈光一現：「其實不用這麼辛苦的，我明明有更好的辦法，怎麼一直沒

有用呢？」於是，他的精神一振，站起來起來開始勞動……

平時只要太陽一落山，宋國人就會回來吃飯的，他的妻子總是在這個時候早早把飯弄好，坐在桌邊等他回來。可是今天夜幕降臨了都不見自己丈夫的影子，妻子覺得很奇怪，同時也十分的擔心，該不會是出了什麼事情吧！正在胡思亂想之際，就見自己的丈夫滿頭大汗興高采烈地回來了。

「怎麼這麼晚才回來？遇上什麼事情了嗎？」妻子擔憂地問。

宋國人很得意地對妻子說：「累死我了，我幫禾苗長高了！」

他的妻子聽了這話，大驚失色，趕快跑到田地裡去看，卻發現禾苗已全都枯死了。

智慧人生

事物的發展和人的成長，都是循序漸進的，違背了這個規律不僅無益，反而將事情弄糟。

畫蛇添足——多餘

楚國有個貴族祭祀，賞給來幫忙的門客一壺酒。

謝過主人之後，門客們對如何分配這壺酒發起愁來。如果平均分給每個人的話，大概大家也就抿一抿就沒了，還不如索性給一個人喝。可是這麼多人，給誰好呢？於是，門客們想了一個辦法，每個人在地上畫一條蛇，誰先畫好了這壺酒就歸誰喝。

有一個門客畫得很快，他畫好了之後，得意地看了看其他人，自言自語地說：「這麼慢的速度，就算我再給蛇添上幾隻腳，你們也未必畫得完啊！」想到這裡，他又拿起木棍，準備給這條蛇再添幾隻腳。

就在他給蛇填上第三隻腳的時候，有個人也完成了。這個人二話不說，立刻拿過桌子上擺的酒壺喝起酒來。給蛇畫腳的門客見狀，劈手奪過酒壺，說道：「凡事都要守規矩，我是最先畫完蛇的，這酒早就歸我了，你怎麼喝了起來？」

那人笑了笑道：「你到現在還在畫個不停，我的已經完工了，這酒當然是應該我喝啊！」給蛇畫腳的門客爭辯道：「我早就畫完了，現在是趁時間還早，不過是給蛇添幾隻腳而已。」

那人更是大笑起來：「你恐怕是忘了比賽的規矩，第一條要求就是一定要畫出蛇的特徵來，加了腳的蛇還是蛇嗎？現在讓大家都來看看，你畫的是不是蛇？」眾人聞言紛紛前來觀看，最後把酒判給了第二個畫好蛇的那個人。給蛇畫腳的門客眼巴巴地看著本屬自己酒被別人享用，後悔不已。

智慧人生

從這則寓言中我們不由得想到了這樣一個道理：任何事都有個「度」，超過那個「度」往往會物極必反，事與願違。

葉公好龍——虛名

這則寓言故事之所以流傳開來，還要拜孔子的徒弟子張所賜。

我們都知道，能拜在孔子門下的人都是十分了不起的人，子張就是其中之一。

他出身低賤，還坐過牢，但「浪子回頭金不換」，在孔子的教導下，他成了一位治國名士。如果孔子也和現在的老師一樣，每個學期都設立考試，那他一定能擠進前八名。

儒家一向是推崇積極入世的。在老師的指導下，子張來到魯國，投奔自稱非常愛才的魯哀公。但是，他在旅館等了七天，魯哀公都沒有宣他進宮。子張失望地離開了，臨走前給魯哀公派給他的車夫講了一個故事，並讓車夫轉述給魯哀公。

過了半個月左右，魯哀公才想起來千里迢迢投奔他的子張。他將車夫叫來一問，才知子張已經走了很久了。

「他不是來投奔我的嗎？怎麼沒見到我就走了呢？」

車夫說道：「子張等了七天都沒有見到您，他臨走時讓我將一個故事轉述給您。」

「什麼故事？說來聽聽！」

「從前，楚國葉縣有個縣令叫沈儲梁，大家都尊稱他為葉公。據說此人非常喜歡龍，衣服上的帶鉤雕刻著龍的花紋，酒壺、酒杯和茶具上不是描著龍的形狀，就是刻上龍的圖騰，房屋簷脊也用龍的花紋圖案做為裝飾。他如此愛龍成癖，被天上的真龍知道後，便從天上來到了葉公家裡。龍頭搭在窗臺上探望，龍尾伸進了大廳。葉公一看是真龍，嚇得轉身就跑，好像失了魂似的，臉色驟變，簡直不能控制自己。」

魯哀公聽後，若有所思。

這時，車夫又轉述了子張的一段話：「我本以為大王是真的愛才，沒想到您和那好龍的葉公原來是一模一樣的！」

智慧人生

對事物的喜歡不要總是浮於表面，應該有一定的深度才行。這大概就是這則寓言故事給我們真正的啟示吧！

猴子撈月——自擾

過去有一個伽師國，國內有一座波羅奈城。在城郊人跡稀少的森林中，生存著數百隻猴子。

一天晚上，這群猴嬉戲著來到了一口井旁。不知是哪隻猴子先發現月影在井中一晃一晃，便大吃一驚：「不好了，月亮掉到井裡去了！」

一隻年長的猴子一聽，趕過來看了看井中的月亮，便對同伴們說：「月亮掉到井裡，我們應該共同努力把它撈上來，免得世界上每個夜晚都黑沉沉的。」可是怎麼才能撈出月亮呢？那隻年長的猴子拍了一下頭說：「有辦法了，我攀在樹枝上，你們拽住我的尾巴，一個連一個，就可以撈出月亮了。」

於是，群猴便一個接一個，連成了一長串。沒想到連在一起的猴群太重了，樹枝承受不

住，在猴子快接近水面時，就聽「咔嚓」一聲樹枝折斷了，這群猴子都掉到了井裡。

智慧人生

這則寓言故事出自《法苑珠林‧愚戇篇‧雜癡部》。如今，人們常用這則典故來告誡，如果庸人自擾，難免會招致災禍。

杞人憂天——狹隘

古時候，有一個杞國人整日都擔心天會掉下來，地會陷下去，日月星辰會墜落下來。為此，他常常愁眉不展，心驚膽顫，愁得睡不著覺，吃不下飯。

杞人的一位朋友見他這樣憂慮，就跑來開導他說：「天不過是堆積在一起的氣體罷了，天地之間到處充滿了這種氣體，你一舉一動、一呼一吸都與氣體相通。你整天生活在天地的中間，怎麼還擔心天會塌下來呢？」

杞人聽了這番話，更加惶恐不安，忙問：「如果天如你所說的是一些積聚的氣體，那麼天上的太陽、月亮、星星，會不會掉下來砸到人呢？」

朋友答道：「日月星辰也是由氣體聚集而成的，只不過會發光罷了。即使掉下來，也絕不會砸傷人的。」

杞人沉思了一會兒，又問：「如果大地塌陷下去，那可怎麼辦？」

朋友解釋說：「大地也不過是土塊罷了。這些泥土、石塊到處都有，塞滿了每一個角落。你可以在它上面隨心所欲地奔跑、跳躍，為什麼要擔心它會塌陷下去呢？」

經過這麼一番開導，杞人恍然大悟，這才放心下來，又快快樂樂地過日子了。

楚國的思想家長盧子聽說了杞國人和朋友的對話之後，不以為然，他笑著評論道：「那些彩虹，雲霧，風雨，一年四季的變化，所有這些積聚的氣體共同構成了天；而那些山岳、河海、金木火石，所有這些堆積物共同構成了地。既然你知道天就是積氣，地就是積塊，你怎麼能斷定天與地不會發生變化呢？依我看，所謂天地，不過是宇宙間的小小物體，但它在有形之物中又是最大的一種，其本身並未終結，難以窮盡；因此人們對這件事也很難想像，不易認識，這都是很自然的。杞國人擔心天會塌地會陷，這確實有點想得太遠；然而他的朋友卻說天塌地陷是根本不可能的，這也不對。天與地不可能不壞，而且終究是要壞的，有朝一日它真的要壞了，人們又怎麼能不擔心呢？」

對於這場爭論，戰國時的鄭人列禦寇也有說法。他認為：「說天與地會壞，是荒謬的；說天與地不會壞，也是荒謬的。天地到底會不會壞，我們目前尚不知道。不過，說天地會壞是一種見解，說天地不會壞也是一種見解。這就好像活人不知道死者的滋味，死者也不知道活人的情形；未來不曉得過去，過去也不能預測未來。既然如此，天地究竟會不會壞，我又何必放在心上呢？」

智慧人生

如果用今天的科學常識來看待天和地，我們完全可以斷言，那個杞國人的擔憂還是有必要的。但這則寓言故事仍然提示我們，對於一個時代所無法認知和解決的問題，不應該陷入無休止的憂愁之中而無力自拔，人生還是要豁達一些較好。

邯鄲學步——模仿

春秋時期，燕國壽陵有一位少年，家中生活富足，衣食無憂。加上他本人長相出眾，照理說也是一位帥哥人物，本該幸福快樂地過日子。可是這位帥哥有個缺點——缺乏自信，經常無緣無故覺得不如別人。

在他眼裡，衣服是人家的好，爹娘是人家的親。這還不算，為了趕時髦追時尚，他還喜歡模仿別人。

有一天，這位少年在街上走路，無意中聽到幾個人說說笑笑，他們在議論一件非常時髦的話題：邯鄲人走路姿勢特別優美。邯鄲是趙國首都，是當時各諸侯國中最發達的地區，人文經濟都很先進。少年人聽了這麼一句，不由得心動，趕緊上前幾步想探聽明白。不料，那幾個人看見他，忽然一陣大笑然後揚長而去。

少年人很不是滋味，他早就覺得當地人走路難看，現在居然有人說邯鄲人走路好看，那麼我何不去一探究竟？有了這樣的想法，他在家中就待不下去了，瞞著家人偷偷跑到邯鄲學習走路。

來到邯鄲，果然大開眼界，只見繁華的大街上，人人走路的姿勢都很優雅，舉手投足間，都顯出很高貴的風度。壽陵少年真是自慚形穢，連忙跟在邯鄲人後面，一步一步地模仿起來。

可是學了幾天，壽陵少年卻覺得越走越彆扭，他想，一定是自己原來的走路惡習太深了，如果不能徹底拋棄原來的步法，肯定學不好新姿勢。於是他決定從頭學起，每邁出一步都要經過仔細思考，如何擺手、扭腰也要先計算尺寸，完全按照邯鄲人的樣子去做。為了學習走路，他廢寢忘食，日以繼夜，沒想到，學了不到半個月，不但沒有學好邯鄲人的姿勢，反而把自己原來走路的樣子也忘了。

這時，壽陵少年身上的盤纏花光了，也不會走路了，只好爬著回家了。

智慧人生

勤於向別人學習是應該肯定的，但是，一定要從自己的實際狀況出發，截人之長，補己之短。如果像壽陵少年那樣盲目，一味崇拜別人，生搬硬套，亦步亦趨，結果必然是別人的優點沒學來，自己的長處卻丟光了。

杯弓蛇影——心病

樂廣，字彥輔，西晉南陽淯陽人，曾調出朝廷補任元城縣令，後提升中書侍郎，調任太子中庶子，歷任侍中、河南尹。對於這個人大家可能不熟，但有個和他有深厚關係的人，大家肯定很熟，就是人稱「觀之者傾都」的美男子衛玠。至於兩人的關係，前者是後者的老泰山，後者是前者的乘龍快婿。

關於樂廣有許多有趣的傳說。在他當河南尹之前，河南官府的房子常常鬧鬼，每天夜裡都能聽到有人哭嚎，白天常常發現原本放好的東西不見了，有人甚至看到人影在窗外一閃而過，卻總是見不到人。因此先前的長官都不敢住正房，只能在外面另找住處。樂廣到任河南後，曾有人勸阻過他換別的地方居住，被樂廣拒絕了。

住下來的第一天，樂廣的居室半夜又開

始了哭嚎之聲，但是他不為所動，一覺睡到天亮。過了一段時間，有一天他和屬下剛剛進屋，屋門就自動關閉了，怎麼推都推不開。眾人驚懼不已，樂廣卻氣定神閒，他在屋子裡四處觀察，發現牆上有孔，就命人挖掘牆孔。牆的那邊有一個很大的洞，手下人從裡面捉到了一隻野狸貓，當場把牠打死了，從那之後河南官府的房子再也沒有發生鬧鬼的事情。

樂廣有位好朋友，平日裡一有空就到他家來聊天。但這次很奇怪，自從上次大宴賓客之後，這位朋友已經三個月沒有來了，樂廣向別人打聽，都說有一段時間沒見到這個人了。

樂廣十分惦記這位朋友，決定登門拜望。來到朋友家裡，只見他半坐半躺地倚在床上，臉色蠟黃，比之前見面的時候瘦了很多，現在幾乎是皮包骨了。樂廣這才知道朋友生了重病，就問他的病是怎麼得的，可是朋友支支吾吾就是不肯說。

經過樂廣的再三追問，朋友才說：「那天在你家喝酒，看見酒杯裡有一條蛇在游動。當時噁心極了，想不喝，你又再三勸飲，出於禮貌，只好十分不情願的飲下了酒。從此以後，心裡就總是覺得肚子裡有條小蛇在亂竄，什麼東西也吃不下去。」

樂廣覺得這事有些蹊蹺，酒杯中哪來的蛇呢？他回到縣衙後，還在琢磨這件事。猛一回頭，看見掛在牆上的弓，心裡一下子明白了。於是，他專門備了車馬，把朋友再次請到家中，重擺宴席，仍讓朋友坐在原來的位置上。當朋友拿起酒杯一看，忽然驚叫起來，原來杯中又出現了蛇影。

這時，樂廣也端著酒杯走到朋友的座位旁，將自己的酒杯端給朋友看，裡面同樣有一條蛇影。接著，他請朋友端著原來那杯酒離開那個位置，再看杯中，蛇影分明沒有了。朋友心中甚是不解，樂廣叫朋友回頭看牆上掛著的那把弓，說道：「牆上的弓映在酒杯中，就是你看到的蛇。」

朋友半信半疑，又和樂廣重新演試了幾遍，這才哈哈大笑起來，心中的疑團頓時消失，精神一下子清爽了許多。回去以後，病也很快地好了。

智慧人生

有疑心病的人，往往會陷入庸人自擾的泥沼中難以自拔。有智慧的人則善於抓住問題的癥結，對症下藥，從根本上解決問題。

州官放火——專橫

《老學庵筆記》是宋代著名文學家陸游晚年的作品。這是一部很有價值的筆記，內容多是作者或親歷，或親見，或親聞之事，不僅內容真實豐富，而且興趣盎然，是宋人筆記中的佼佼者。

在這部筆記中，最有名的無疑是下面所講的故事：

北宋年間，有個太守名叫田登，為人小氣自私，專制蠻橫。關於這位太守的壞話，三天三夜也說不完。因為他名字中有一個「登」，所以不許州內的百姓說到任何一個與「登」同音的字。

這個忌諱源自田太守小時候一段不美好的記憶。他出生在一個依山傍水的富饒村莊，方圓幾千里，山、塘、田地無一不有。而這些地方，大多都歸村上的富翁「田百萬」所有。這位老財主就是未來太守田登的父親，雖家中良田萬頃，但膝下卻無一子。到了40歲時，終於得了一個兒子，自然視他為掌上明珠。算命的人說：「晚年得子，必定升官晉爵，金銀財寶滾滾而來。」於是，他就為兒子取名為「田登」。

田登出生的時候早產，大大的腦袋，兩隻極小的鼠眼，長得十分難看。他從小頑劣，又是出自富豪之家，總是欺負小朋友，那些小朋友們也常常用「凳子」這個外號取笑他。田登受不了這個氣，便向他爹田百萬說：「他們都拿『凳子』來取笑我，我長大當官以後，一定要讓所有人都不說這個字。」

後來，田百萬花錢為自己的兒子捐了個官。田登當官後，大肆搜刮民脂民膏向上行賄，做了太守。他當了太守的第一件事就是：州內的百姓不許說與「登」同音的字，要用某字來代替——花園裡的燈心草叫做開心草，燈檯、燈罩、燈籠得叫亮托、遮光、路照，太守出門登車得說駕車，就連吹捧太守「登峰造極」也得說「爬峰造極」……誰要是觸犯了他這個忌諱，便要加上「侮辱地方長官」的罪名，輕則挨板子，重則判刑。

一天，太守田登正在堂中坐著，一個僕人被衙役帶上公堂。僕人撲通一聲跪倒在地，大聲求饒：「冤枉呀！太守大人，今天我也沒幹什麼呀！只是天剛亮，我就去廳前關燈，不知犯了什麼罪，被衙役蹬了一腳，差點被蹬下凳子。」太守田登一聽，大怒，命人把僕人捆了個五花大綁，吼道：「大膽刁民，犯了我的忌諱一次還不知罪，還敢一犯再犯，拉下去，賞五十大板……」從此以後，太守府中上下，人人都不敢直呼他的「名諱」了。

一年一度的元宵佳節眼看就要到了，按照以前的慣例，州裡要點三天花燈以示慶祝。這次可讓出告示的小官感到為難，用「燈」字要觸犯太守的忌諱，不用「燈」字意思又表達不清楚。想了好久，寫告示的小官靈機一動，把「燈」字改成了「火」字。這樣，告示上就寫成了「本州依例放火三日。」

這種荒唐的告示一經貼出，造成百姓們的恐慌，好好的元宵佳節不過，放火做什麼？特別是一些外地來的客人，原本是想來此地湊個熱鬧，看了這樣的告示，更是丈二和尚摸不著頭緒。於是紛紛收拾行李，離開了這個是非之地。當地的百姓，平時就對田登的蠻橫無理非常不滿，這次看了官府貼的告示，更是氣憤萬分。

到了元宵佳節那天，大街上冷冷清清什麼人都沒有，大家都躲在自家的房子裡。

智慧人生

這則寓言故事的本意是諷刺某些當權者可以為非作歹，而百姓的正當言行卻要受到種種限制。現在用來比喻一個人專橫霸道，壓制他人的正當行為。

三人成虎——輕信

戰國時期，七個諸侯國經常爭戰，互有輸贏。魏國和趙國最近剛剛交鋒了一次，結果是趙國贏了。按照以往的慣例，戰敗的國家為了表示臣服，日後絕不再生叛逆之心，要把國君的繼承人做為人質送到戰勝國去，歷史上稱之為「質子」。有的質子會逃走，但成功的機率不是很高，所以為了使質子在被軟禁的期間也能成長，戰敗國的君王們往往為其選擇國內最好的大臣一併陪同前往。這次被選中陪太子同去趙國國都邯鄲做人質的就是魏國的著名大臣——龐恭。

龐恭是個正直的官員，深受百姓們的愛戴。正因為這個原因，他也得罪了當朝一些奸佞小人。這次的出行原本沒有他的份，不知是誰出的主意最後龐恭的名字也出現在了這份名單上。龐恭自

然知道這些人的用意，憑著這幾年在魏國累積的聲望，只要他在魏國，這些人還不敢拿他怎麼樣，可是一旦他離開魏國，那些和他作對的官僚，一定會藉機陷害他。這可真是件麻煩的事情，想來想去，龐恭決定提前給魏王提個醒，免得到時候聽信讒言。

在臨行之前，龐恭對魏王說：「我想問大王一件事情，一個謊言經過幾個人的嘴說出來，它能變成真的嗎？」魏王道：「假的就是假的，怎麼可能變成真的呢？」龐恭說：「那我想告訴您一件事，我們魏都的墟集出現了一隻大老虎，傷害了很多無辜百姓，請魏王盡快派人把老虎打死吧！」魏王笑道：「墟集是我魏都最繁華之地，怎麼可能出現老虎呢？你是在開玩笑吧！」

龐恭接著說：「如果有兩個人一齊對您說大街上來了一隻老虎，你相信不相信呢？」

魏王回答：「如果有兩個人都這麼說，我就有些半信半疑了。」

龐恭又說：「如果有三個人一齊對您說大街上來一個老虎，您相信不相信呢？」

魏王有些遲疑地回答說：「如果大家都這麼說，那我就只好相信了。」

聽魏王這樣回答，龐恭就更擔心了，他向前一步作揖道：「大王，這就是我不放心的地方啊！同樣一個謊言，一個人說您不會相信，兩個人說您會半信半疑，三個人這樣說，您就立刻相信了。邯鄲離我們魏國的都城大梁，比王宮離大街遠得多，而且背後議論我的人可能還不只三個人。」

魏王聽後感慨道：「你真是用心良苦，放心吧！寡人一定會辨別是非的，等你回來的好消息。」

龐恭走後沒多久，果然有很多人對魏王說起了他的壞話。起初，魏王總是為龐恭辯解，指出他是一個有才能而忠實的大臣。不幸的是，當龐恭的政敵三番兩次對魏王說龐恭的壞話時，魏王真的相信了那些人的話。此後，龐恭從趙國回到魏國，魏王便一直沒有召見他。

還有一個故事與這個故事相仿：

在孔子的學生曾參的家鄉費邑，有一個人與他同名同姓。有一天，這個人在外鄉殺了人。頃刻間，「曾參殺了人」的消息便傳遍了曾參的家鄉。

第一個向曾參的母親報告情況的是曾家的一個鄰居，當他把「曾參殺了人」的消息告訴曾參的母親時，並沒有引起預想的那種反應。曾參的母親一向引以為傲的正是這個兒子。他是儒家聖人孔子的好學生，怎麼會做傷天害理的事呢？曾母聽了鄰居的話，不驚不憂。她一邊安之若素、有條不紊地織著布，一邊斬釘截鐵地對那個鄰人說：「我的兒子是不會殺人的！」

沒隔多久，又有一個人跑到曾參的母親面前說：「曾參真的在外面殺了人。」曾參的母親仍然不去理會這句話，還是坐在那裡不慌不忙地穿梭引線，照常織著自己的布。

又過了一段時間，第三個報信的人跑來對曾母說：「現在外面議論紛紛，大家都說曾參的確殺了人。」曾母聽到這裡，心情驟然緊張起來。她害怕這種人命關天的事情要株連親眷，因此顧不得打聽兒子的下落，急忙扔掉手中的梭子，關緊院門，端起梯子，越牆從僻靜的地方逃走了。

智慧人生

這則故事提示我們，對人對事不能以為多數人說的就可以輕信，而要多方進行考察、思考，並以事實為依據做出正確的判斷。這種現象在實際生活中很普遍，不加辨識，輕信謊言，就會讓人犯錯。

殺生妙計——偽善

古代有這樣一個人叫崔成，生在大富大貴之家，原本是魚肉鄉里的角色，近日來，他的家人不斷遭災，也不知道為什麼。有人出了一些主意：「這是你平時不敬神的緣故，只有聆聽佛家的教導，才可以逢凶化吉。」不知道是不是真的湊巧，崔成信佛後情況好像變好了一些，於是他更加相信了。

從此，崔成開始以善人自居，平日裡會將自己家財的一部分散發鄰里，還資助那些無依無靠的過路人。瞭解佛教的人都知道，佛門有一條戒律，說的是不可以殺生，因為這輩子殺生下輩子必有歸還之日。這對崔成這個吃慣了大魚大肉的人來說，清茶素飯的滋味委實不好過。

有一天，他到江邊遊玩，看見景色很好，便停下來欣賞。突然，他聽見一陣嘈雜之聲，急忙走過去就看，只見手下的幾個下人打成了一團。崔成十分不悅，就大聲咳嗽了幾下，下人們見是老爺來了頓時不敢吭聲。崔成詢問緣由，原來有個下人捕到了一隻甲魚，聽說甲魚肉嫩味美，其他的人也佔為己有，因此打了起來。這下可好，被老爺逮了個正著，這幾個下人也不敢爭奪了，只好獻給了崔成。我們都知道，甲魚肉不僅鮮美，而且大補，崔成起了貪啖之心也是正常的。可是他想吃甲魚肉又不忍自己殺生，想來想去，終於想出個兩全其美之計。

崔成將甲魚帶回家，吩咐下人燒好一鍋開水，拿了一根細竹竿搭在了鍋上，並把甲魚放在竹竿的一端。隨後，他一本正經地對甲魚說道：「親愛的老朋友，原本我把你救回來是想放生的，不過我聽很多人說過甲魚很會爬竿，靈巧的程度不亞於攀岩的猴子，今日便讓我一飽眼福吧！請放心，我看過之後，一定會把你放回江邊的。」甲魚明知崔成要殺害牠，但仍抱著一線希望，因此抖擻精神，使出渾身解數，小心地爬了過去。這一來，出乎崔成所料，他急忙改口說：「果然名不虛傳！只是我剛才沒看清，請你再來一回吧！」

甲魚氣壞了，伸著脖子，瞪著眼說：「我的命就在你的手裡，想要吃我，何必來這一招呢？」

智慧人生

偽裝成善人的惡人，是最惡毒的惡人。

智子疑鄰——偏聽

古時候，宋國有一個富人，有良田千畝，家裡的金銀財寶無數。他在十六歲時娶了第一個老婆後，一直過了十五年才得一子，自然是將兒子捧在手裡怕掉了，含在嘴中怕化了。所幸的是，這個孩子自律性還很不錯，沒有被寵壞，做為父親也就更自豪了。

富人很愛吃螃蟹，每年的九、十月份都會讓人挑選上好的螃蟹送到家中。今年也不例外，幾大簍上好的螃蟹早就搬進了府裡。這天，富人外出收帳，正巧碰到了前往他府中送東西的佃戶，富人瞧了瞧送的東西，其中就有幾筐紅彤彤的柿子。柿子也是富人最愛吃的食物，他點點頭，讓佃戶送回府中。恰巧此時，他遇到住在自家隔壁的一個鄰居，這位鄰居家境貧寒，今天是出來砍柴的。

鄰居對富人說：「剛剛看到您家的佃戶推著幾筐柿子去您府上了。」富人道：「是的，他們送的柿子還不錯。」

鄰居又道：「現在的月份剛剛好是您吃螃蟹的季節，請記住千萬別把螃蟹和柿子放在一起吃，會有麻煩的。」富人一向不愛搭理這位鄰居，點點頭便走了，並很快將這句話拋到了腦後。

很快，富人的螃蟹宴就開始了，這一頓他足足吃了六隻大螃蟹，還有一整盤螃蟹餡餃子。

吃完後，他覺得有些膩，就對下人說：「前幾天有人送來幾筐柿子，拿幾個過來。」就這樣，他又一口氣吃了三、四顆柿子。大約過了半個時辰，富人突然大叫肚子痛，片刻之後便上吐下瀉不止。家人都不知道是怎麼回事，這時富人的兒子說：「我看到父親吃完螃蟹又吃柿子，這兩者同時服用對身體有害，我們還是快請大夫來診治一下吧！」

經過醫生的治療，富人終於康復了，他摸著自己兒子的腦袋說：「不愧是我兒子，真是太聰明了，我這條命就是你救回來的。」後來再出去遇上了鄰居，鄰居笑著問他身體好了沒有，富人表面上很客氣，其實心裡恨死這個鄰居了，認定對方一定是來看他出醜的。

又過了一段時間，天降大雨，接連幾天都不停，富人家的院牆被沖壞了。鄰居看到了特意過來說：「我剛剛看到你家的院牆被大雨沖壞了，請盡快找個工匠來修好它，不然很容易失竊，到時候損失可就大了。」因為上次的柿子事件，到現在富人還對鄰居耿耿於懷，他皮笑肉不笑地說：「我覺得本地的治安一向很好，沒有什麼可擔心的，你還是關心一下自己家的屋頂漏不漏水吧！」鄰居看他這種毫不在乎的態度，嘆了一口氣走掉了。

「有什麼好修的，我就不信能丟什麼東西。」富人自言自語道。

這時候，兒子也走過來說：「父親，要是不修築，一定會有盜賊來偷東西的。」

富人聽了兒子的話，覺得還是很有道理，於是說道：「我明天就找人來修。」

到了晚上，富人家果然丟了很多錢財。結果，富人認為自己的兒子很聰明，卻懷疑是鄰居偷了他家的東西。

智慧人生

這則寓言故事告誡人們，如果不尊重事實，只用親疏和感情做為判斷是非的標準，就會主觀臆測，得出錯誤的結論，說不定害了自己。從富人的鄰居這方面，也啟示我們給別人提意見時，要盡量用能讓別人欣然接受的方式。

古琴何價──跟風

從前，有一位技藝很好的製琴師，名字叫工之僑，他做出的琴悅耳動聽，很受大家的喜歡。凡是工匠或是設計師，都有這樣的情結，那就是總想留下一件或者幾件傳世佳品能歷久不衰，流傳百世。工之僑也是這樣，他這輩子最大的願望就是做出一把舉世無雙的好琴。想實現這個個願望，除了技術之外，材料也很重要的，因此在製琴之餘，工之僑四處尋找好材料。

眾所周知，對一把古琴來說，最重要的材料自然是琴身的那段木料，一般而言梧桐木是最好的。這年，天不負工之僑，讓他在某座山中採集到了一段優良的梧桐木。這塊木料質地堅硬，敲之鏘然有聲，絲毫不輸於上古四大名琴的材質（上古四大名琴：齊桓公的「號鐘」，楚莊公的「繞梁」，司馬相如的「綠綺」和蔡邕的「焦尾」）。得到梧桐木的工之僑十分驚喜，立刻把它抱回家，根據這塊木料的特性制訂了造琴的計畫，又花了整整半年才把這把琴製做出來。他安上絲弦以後，彈出來的琴聲叮咚作響，如行雲流水，又像金玉撞擊，餘音繞樑三日不絕，聽過的人都稱讚琴聲悅耳動聽。

工之僑自認為這是天下最好的一把琴了，可是只有他一個人認可還不行。為了讓自己的這把琴可以名揚千古，他抱著琴來到了樂官的面前，希望樂官能在君王面前用它演奏。樂官讓宮廷內負責樂器的樂工來鑑定，當時的樂工最崇尚的是就是上古名琴，眼前這把琴，琴音雖然清澈動聽，但明顯是張新琴。於是樂工把頭搖得像撥浪鼓似地說道：「能進獻給君王的都是上古名琴，這把琴怎麼能用呢？」說完，便把琴退還回來。

工之僑拿著琴回到家，跟漆匠商量，在琴身漆上殘斷不齊的花紋；又跟刻工商量，在琴上雕刻古代文字；把它裝了匣子埋在泥土中。過了一年挖出來，抱著它到市集上。有個大官路過市集看到了琴，就用很多錢買下了它，把它獻到朝廷上。那些樂工們打開琴匣一看，都把頭點得像雞啄米似的，連聲稱讚說：「好琴，好琴，這是道道地地的古琴！」工之僑聽到這種情況，感嘆道：「可悲啊！這樣的社會！難道僅僅是一把琴嗎？整個世風無不如此啊！」

智慧人生

本故事是明代政治家、文學家劉基在《鬱離子》中的一篇寓言。文中以工之僑兩次獻琴的不同遭遇，揭露了社會上評價、判斷事物優劣僅憑外表，而非依據內在品格的現象。它告誡人們判定一件事物的好壞，應該從本質上進行鑑定，而不是從浮華的外表來下結論。只有本質上是好的東西，才能滿足我們的需求，否則，再華麗的外表也只能做為擺設，發揮不出任何作用。同時，我們在實際生活中應該學會變通地適應環境，只有這樣，才能具備生存的基本條件。

猩猩嗜酒——貪心

《山海經》為先秦古籍，全書18篇，主要記述古代地理、物產、神話、巫術、宗教等，也包括古史、醫藥、民俗、民族等方面的內容。除此之外，《山海經》還記載了一些奇怪的事件，對這些事件至今仍然存在較大的爭論。

在《海內經》中曾記載著這樣一種怪獸，名叫「猩猩」，牠是渾身青色，長有人面孔的怪獸。《呂氏春秋．本味》中則進一步描述了牠的樣貌，除了《山海經》中提到的，牠還有像狗一樣長滿毛的身體和一條長長的尾巴。而在其他的書裡還介紹說，這種怪獸可以口吐人言，能和人做正常的語言溝通。由此看來，此「猩猩」非彼「猩猩」，而是一種獨具中國神話色彩的生物。

不過這種生物一直以來都是人類捕殺的對象，有古書記載：「肉之美者，猩猩之唇。」言下之意便是在肉食中，頂級的美味就是猩猩的嘴唇，這就如同魚翅、熊掌一樣讓人垂涎欲滴。如此說來，生在中國這樣一個有著豐富食文化的國家，對於猩猩來說真是一件很不幸的事情。

人類為了捕捉猩猩滿足自己的口腹之欲也下了不少工夫的。經過觀察，人們發現猩猩有兩大嗜好：一是喜歡喝酒，而且能品嚐出酒的好壞，越是好酒越是烈酒，猩猩越喜歡；二是喜歡穿人的鞋子，只要做得精美，想盡各種辦法也要偷走，穿在自己的腳上方肯罷休。

在山腳下，有個人擺下裝滿甜酒的酒壺，旁邊放著大大小小的酒杯。同時還編了許多草鞋，把牠們放在道路旁邊。猩猩一看，就知道這都是引誘自己上當的，牠們還知道設這些圈套的人的姓名和他們的父母祖先，便一一指名罵起來。

可是罵完以後，有的猩猩就對同伴說：「為什麼不去稍微嚐它一點呢？不過要小心，千萬不要多喝了！」於是就一同拿起小杯來喝。喝完了，還一邊罵著一邊把酒杯扔掉。可是過了一會兒，又拿起比較大的酒杯來喝。喝完了，又罵著把酒杯扔掉。這樣重複多次，喝得嘴唇邊甜蜜蜜的，再也克制不住了，就乾脆拿起最大的酒杯大喝起來，根本忘了會喝醉的事。喝醉以後，便在一起擠眉弄眼地嘻笑，還把草鞋拿來穿上。這時候山腳下的人就出來追捕牠們，結果互相踐踏，亂作一團，一個個都被捉住，成為了餐桌上的下酒菜。這恐怕也是世上再無猩猩的原因，因為牠們實在是一種禁不起誘惑的動物！

有的人為牠們畫像並題詞道：「儘管你的樣子像猿，你的顏面像人，可是你的話不能使你感到羞愧，你的智慧不能保護你自身。想學韓信輔佐漢朝？想學李斯相秦？哪裡比得上隱居深山，躺在高處修養你本來的身心。」

智慧人生

猩猩可算是很聰明了，知道憎恨人家的引誘，可是最終還免不了一死，這是貪心造成的。

河東獅吼——強勢

「從現在開始，你只許疼我一個人，要寵我，不能騙我，答應我的每一件事情都要做到，對我講的每一句話都要真心，不許欺負我、罵我，要相信我。別人欺負我，你要在第一時間出來幫我，我開心時，你要陪著我開心，我不開心時，你要哄我開心。永遠覺得我是最漂亮的，夢裡面也要見到我，在你的心裡面只有我！」

看過張柏芝和古天樂主演的影片《河東獅吼》的人對這段話都不會陌生，那個潑辣、癡情的女子曾勾起過多少人的愛慕之心。其實，在歷史上，這樣的女人也真實存在過，她就是陳慥的夫人——柳氏。

陳慥，字季常，四川眉州人，自稱龍丘先生。他的父親是太常少卿、工部尚書陳希亮，儘管是官宦之後，陳季常卻不坐車，不戴官帽，和我們今天愛擺架子的人大不一樣。他與大名鼎鼎的蘇東坡是好朋友，兩個人經常在一起品茶飲酒，參禪拜佛，探討國家大事。

講陳慥的故事之前，咱們先來談談蘇東坡其人。平心而論，蘇東坡是個不錯的官吏，但他有個文人的毛病，在閒暇的時候，喜歡作些詩詞嘲諷朝政，偶爾也會提到有關皇帝的種種。

封建社會的皇帝可是九五至尊，哪受得了這個，更何況蘇東坡在百姓中的名聲極高，寫的詩賦流傳四海，朝廷有點什麼見不得人的事，都隨著他的詩詞被廣大老百姓當作茶餘飯後的話題了。皇帝起初還能忍，日子久了，越看他越不順眼，找了個藉口，便把他罰到黃州（現在的湖北黃岡）去。湊巧的是，陳慥的家就在此地。

陳慥有兩個愛好，一是在家養幾個歌手，二是設宴和三五好友飲酒作樂。飲酒，柳氏是不管的，但只要有美女在，可就完全是另外一種情形了。每當陳慥歡歌宴舞之時，柳氏就醋性大發（其實也是可以理解的），拿著木杖大喊大叫，用力搥打牆壁（當然她不敢打自己的老公，否則就會遭到休妻的懲罰），弄得陳慥很尷尬。

蘇東坡還記得，那次他們飲酒賞歌舞正在興頭上時，柳氏出現了，她秀麗的臉龐上掛著難以忍受的怒容，不分青紅皂白地將陳慥一頓臭罵：「你們這幫男人，好好喝酒談談詩賦不就可以了嗎？還非要搞這麼多女人來作陪，讓她們倒倒酒、唱唱歌，酒就會更香，飯菜就會更美味嗎？」彪悍的樣子讓一堆男人啞口無言，好好的宴席就在陳慥忙不迭地道歉聲中不歡而散了。從此，蘇東坡和陳慥聚會時，再也不敢召歌姬了。

還有一次，依舊是蘇東坡惹的是非。夜很深了，他非要找陳慥喝酒，酒興漸濃時，蘇東坡提議：「我們不如找幾個美女來助助興吧！」陳慥已經處於迷糊的狀態了，大腦還沒運作，頭就已經開始點了。

歌姬到來時，陳慥對蘇東坡說：「還是讓她們唱一些柔和的曲子吧！你嫂子已經睡了，吵醒她就不太好了。」蘇東坡心想，這都是懼內惹的禍啊！

說來也巧，柳氏的貼心丫鬟剛好經過，聽見音樂聲，立即向她彙報：「老爺又召來歌姬飲酒作樂了！」

柳氏哪裡受得了這種氣，急忙趕到「作案」現場，將幾個男人又是一頓臭罵，其中以蘇東坡為甚，大有指責他帶「壞」陳慥之意。

如果這兩次還是小打小鬧，那麼第三次可真算得上是「河東獅吼」了。

這天，蘇東坡約陳慥到戶外郊遊，出門前柳氏讓陳慥發誓，絕不能帶歌姬出遊，否則就要乖乖接受挨打，陳慥答應了。

後來，柳氏不知透過什麼途徑，還是知道了他們帶著歌姬出遊的事，揚鞭就要痛打陳慥，在陳慥的萬般哀求下，才改成了池邊罰跪。

就在陳慥老老實實在池邊跪著數青蛙時，蘇東坡又來了，當看到老朋友成了徹頭徹尾的「妻管嚴」，就忍不住和柳氏理論起來。最終，大文豪的下場是，被柳氏痛哭著趕出了陳府。

陳慥之所以這麼聽老婆的話，兩個人的感情深厚肯定是不容置疑的，另一方面，柳氏早已將「一哭二鬧三上吊」的理論融會貫通。陳慥每每對她撒謊時，她都會做出尋死覓活的樣子，如此三番，陳慥自然不肯和她計較了。

只是蘇東坡的嘴不饒人，在柳氏將他趕出陳府後的第二天，他便送上小詩一首諷刺陳慥：

「龍丘居士亦可憐，談空說有夜不眠。忽聞河東獅子吼，拄杖落手心茫然。」

河東獅吼的典故從此確立，至今仍然是兇悍妻子的形容詞。

智慧人生

河東是柳氏的郡望，暗指柳氏。「獅子吼」一語來自於佛教，意指「如來正聲」，比喻威嚴。後來這個故事被宋代的洪邁寫進《容齋三筆》中，廣為流傳。因為陳慥字季常，後來人們就把怕老婆的人稱為「季常癖。」

第五章

那些人生的態度與認識

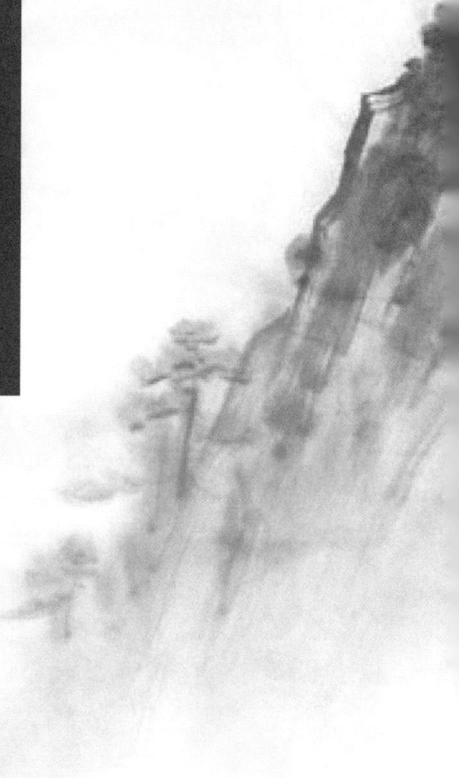

亡羊補牢——不為晚

戰國時期，楚懷王被做為人質留在了秦國，即位的是他的兒子楚懷王。

說起這位君王，實在是個不成器的傢伙。自己的父親被拘禁在敵國而死，身為兒子不思為父報仇，不想振興自己的國家，卻整日和一群只會享樂的寵臣混在一起。所幸臣子中還有一些真正為國家考慮的人，莊辛就是其中的一個，他對楚襄王平日裡的所作所為經常進行規勸指導。可惜的是，楚襄王聽不進這位忠臣的話，反倒對莊辛有諸多不滿，只是看在他是老臣的份上暫且忍耐一下。

有一日，莊辛再也忍耐不住，對楚襄王說道：「君王平日裡處理政事的時候，州侯和夏侯

在左右，可是這兩人對於國家大事一竅不通；出門的時候是鄢陵君和壽陵君陪伴，但這兩位除了吃喝玩樂什麼也不會。您寵幸這些人卻對國家大事置之不理，這樣下去的話，我們的國家危在旦夕了！」

這話說得毫不客氣，楚襄王聽了勃然大怒，心想，平日裡是我給你留足了面子才聽你的嘮叨，今天得給你一點顏色看看。想到此，他壓住火氣說：「先生你是老糊塗了吧！這樣的話傳到朝臣或者百姓的耳中，他們會如何想？」

莊辛看到楚襄王滿臉不以為然的樣子，長嘆一聲說道：「這是老臣的真心話，絕不是危言聳聽，可惜您完全聽不進去。如果您一定要堅持繼續寵幸那幾個人的話，請您准許我去趙國避難，我會在那裡靜觀楚國的變化。」此言一出，楚襄王反而十分高興，因為他再也不用聽莊辛的嘮叨了，於是他十分痛快地答應了莊辛。

事情的發展正如莊辛所說，在他來到趙國第五個月的時候，楚襄王的使者前來。原來，在這幾個月間，秦國向楚國大舉進攻，接連攻克了鄢郢、巫、上庸等城池。國都被佔領，楚襄王流亡到了陽城。他悔不當初，連忙派車去召請莊辛回來。

國家有難，莊辛毫不猶豫地回來了。

到達陽城之後，楚襄王第一時間召見了莊辛，羞愧地說道：「我沒有聽您的話，現在到了這個地步，實在是慚愧的很。」

莊辛道：「想必大王一定見過蜻蜓吧！這種昆蟲有六足四翼，每日捕捉蚊蟲為食，飲的是天上的露水，生活可以說是無憂無慮了。可是就連幾歲的孩子都能拿著沾了糖漿的竹竿來捕捉牠，一旦被捉到，不是淪為孩子們的玩物，就是落在地上成為螻蟻的美餐；黃雀棲息在茂密的樹叢中，自以為沒有禍患，卻不知那公子王孫左手拿著彈弓，右手裝上彈丸，將它做為了射擊的目標。黃雀白天還在茂密的樹叢中遊玩，晚上就成了桌上的佳餚。黃鵠在江海上翱遊，停留在大沼澤旁邊，低頭吞食黃鱔和鯉魚，抬起頭來吃菱角和水草，振動牠的翅膀而凌駕清風，飄飄搖搖在高空飛翔，自認為不會有禍患，卻不知獵人早已準備好箭和弓，將牠射落。蔡靈侯也是如此，他左手抱著年輕貌美的侍妾，右手摟著如花似玉的寵妃，和這些人同車馳騁在高蔡市上，根本不管國家大事。卻不知道那子發正在接受宣王的進攻命令，他將要成為階下之囚。如今，大王您遇到的情形不也是這樣的嗎？」

楚襄王對此更加慚愧地說：「這都是寡人的過錯，到了這個地步，難道就沒有什麼辦法嗎？」

莊辛道：「我聽說過這樣一個故事：有個人養了一群羊。一天早晨，他發現少了一隻羊，仔細一查，原來羊圈破了個窟窿，夜間狼鑽進來把羊叼走了一隻。鄰居勸他說：『把羊圈修一修，補上窟窿吧！』那個人不肯接受勸告，回答說：『羊已經丟了，還修羊圈做什麼？』第二天早上，他發現羊又少了一隻。原來，狼又從窟窿鑽進來，叼走了一隻羊。他很後悔自己沒聽從鄰居的勸告，便趕快補上窟窿，修好了羊圈。從此，狼再也不能鑽進羊圈叼羊了。這就是『亡羊補牢，猶未晚也』的道理。臣聽說過去商湯王和周武王，依靠百里土地，而使天下昌盛，而夏桀王和殷紂王，雖然擁有天下，到頭來終不免身死亡國。現在楚國土地雖然狹小，起碼也是方圓數千里之地，大王只要改正自己的錯誤，東山再起並不是難事啊！」

楚襄王聽後，點頭稱是。

在莊辛的輔佐下，楚襄王很快集結了十萬大軍，不久便收回江南十五邑，復設黔中郡以對抗秦國。

智慧人生

犯了錯誤，立即改正，就能減少錯誤。遭到失誤，及時採取補救措施，則可以避免繼續出現的損失。

圍魏救趙——逆思維

在戰國時代，中國有七個強大的諸侯國，史稱「戰國七雄」。

雖說是戰國七雄，但當時存在的諸侯國尚有二十多個，依然以周天子為共主。起初，幾個諸侯國的國力都差不多，誰也奈何不了誰，表面上還維持著暫時的和平關係。

在這種情況下，小國成為出氣筒，簡直就是理所當然的事情了。話說在魏國北部有個小國名叫中山國，地理位置很重要，幾個大的諸侯國都在打它的主意。在七個大的諸侯國中，魏國率先進行政治軍事改革，國力漸漸強盛起來，並先後兼併了一些弱小的諸侯國，其中就包括衛國。

西元前368年，趙國在齊國支持下，出兵攻打魏國的屬國衛國。魏惠王派大將龐涓率兵近十萬圍攻趙國的國都邯鄲。龐涓頗有才能，為魏國立下了汗馬功勞，因此魏王決定將這次的報復行動交給龐涓來指揮。

龐涓想了想告訴魏王，中山乃彈丸之地，本來離趙國就很近，丟了也沒有什麼，但是想出這口氣有更好的方法：趙國的國都邯鄲守備很鬆懈，不如假藉攻打中山為名直接拿下邯鄲城。魏王聽了覺得十分滿意，讓龐涓帶領五百戰車連夜急行軍，直奔趙國包圍了邯鄲城。

趙國只得向齊國求救，並表示事成之後將中山國送給齊國。齊國大臣鄒忌主張不救，因為這樣會消耗本國的國力。但大臣段干綸認為，如果魏國打敗趙國，魏國的勢力會更加強大，形成對齊國的威脅，主張救趙。齊威王採納了段干綸的建議，派出以田忌為大將、孫臏為軍師的八萬軍隊救趙。

孫臏和龐涓是同學，曾經拜鬼谷子先生為師一起學習兵法。有一年，當聽到魏國國君以優厚待遇招求天下賢才到魏國做將相時，龐涓再也耐不住深山學藝的艱苦與寂寞，決定前去謀求富貴。孫臏則覺得自己學業尚未精熟，還想進一步深造，便表示先不出山。

龐涓真有點本領，他天天操練兵馬，先從附近幾個小國下手，一連打了幾個勝仗，後來連齊國也被他打敗了。從那時候起，魏王更加信任龐涓。

有一次，魏王跟龐涓說起孫臏。龐涓就派人把孫臏請來，跟他一起在魏國共事。沒想到龐涓妒賢嫉能，背後在魏王面前誣陷孫臏私通齊國。魏惠王十分惱怒，把孫臏治了罪，在他的臉上刺了字，還剜掉了他的兩塊膝蓋骨。

幸好齊國有一個使臣到魏國訪問，偷偷地把孫臏救了出來，帶回齊國。

齊國大將田忌聽說孫臏是個將才，把他推薦給齊威王。齊威王也正在改革圖強。他跟孫臏談論兵法後，大為賞識，只恨沒早點見面。

孫臏對龐涓早就恨之入骨，這下子新仇舊恨一起湧用心頭。

最初，齊國的大將田忌想直逼邯鄲城，和魏國軍隊真刀實槍的戰一場，但被孫臏制止了。他在分析完敵我的形勢後，認為魏國軍隊很強大，如果與魏軍正面交鋒會造成齊國較大的損失。所以應該避實就虛，趁魏國精銳部隊在外，魏國國都大梁防務空虛的機會，攻打它的國都，迫使魏軍回救大梁，趙國的危險就會解除。

為爭取戰略主動，孫臏決定給敵軍製造齊國部隊弱小的假象。他故意派出無能的軍官帶兵進攻魏國的軍事重鎮平陵，結果齊軍大敗。魏國大將龐涓以為齊軍不堪一擊，於是加緊對趙國的進攻，絲毫沒有想到齊軍會攻打魏國的國都大梁。

與此同時，孫臏親自統率精銳部隊直撲魏國國都大梁。龐涓得到消息，趕緊從攻打趙國的前線往回撤離，長途跋涉去保衛國都。因為兵困馬乏，又陷入孫臏的包圍圈中，結果魏軍被打得大敗。

智慧人生

圍魏救趙，是三十六計之一，它的精彩之處在於，以逆向思維的方式，從事物的本源上去解決問題，進而取得一招致勝的神奇效果。後來，龐涓接連敗於孫臏之手，最後自殺。這也告訴我們一個非常深刻的道理：做人要有肚量，不然敗的是自己。

窮富和尚——說與做

在唐朝時，由於皇帝信佛，使得佛教空前繁榮。但即便是這樣，和尚與和尚之間的生活也是有很大的不同。居住在四川某個偏遠地區的寺院裡，有一對師兄弟，師兄聰穎，師弟踏實。在師父圓寂之後，師兄接管了這個寺院，成為了香火鼎盛的寺院方丈，師弟則承襲師父的遺願，四處雲遊。

若干年之後，師兄變得十分富有，而師弟一貧如洗，還時常需要師兄來接濟，所以為了區分他們就稱其為富和尚和窮和尚。

一天，窮和尚雲遊歸來找到了富和尚說：「師兄，你我二人一直都有願望，想去普陀山拜謁觀世音菩薩，如今師兄寺院事務纏身走不開，師弟想先行一步，不知師兄以為如何？」

富和尚看了看衣衫襤褸的窮和尚，驚訝地說道：「此去路途十分遙遠，你做好準備了沒有？」

窮和尚道：「我只需帶一個盛水的瓶子

和一個盛飯的缽就足夠了。我們出家人一路求佈施而去，也算是我佛慈悲了。」

富和尚本來還是十分驚訝，這下不以為然地說道：「師弟莫非白日作夢了？此去艱險無比，路上很可能好些天都不見人影，你又去哪裡找人家化緣呢？我已經計畫了好幾年，想雇船沿著長江往下游走，如今船找到了，可是始終也沒找到好舵手，因此才耽擱了下來。再說，這麼遠的路程還得貯備些食物吧！你如此倉促，怕是一去不回啊！」

窮和尚道：「我意已決，明日就出發，先和師兄道別了。」富和尚知道他這個師弟脾性執拗，也沒有再勸阻。

從那天起，富和尚再也沒看到過窮和尚。

一年過去了，窮和尚一點消息也沒有。畢竟是同門師兄弟，富和尚有時候也很後悔，為什麼不和師弟一起去呢？可是那又能怎麼樣，在這一年裡，他依舊沒找到好的舵手。

第二年，窮和尚卻已經從普陀山回來了。他把遇到的奇聞趣事告訴了富和尚，富和尚慚愧得羞紅了臉。

智慧人生

這個故事出自於清代作家彭端淑的《為學》，關於這個故事寓意就讓我們來感悟一下這位作者的評語：天下的事情有困難和容易的區別嗎？只要做，那麼困難的事情就容易了；如果不做，那麼容易的事情也困難了。人們做學問有困難和容易的區別嗎？只要學習，那麼困難的也容易了；不學習，那麼容易的也困難了。

螳臂擋車——夢無悔

「螳臂擋車」最初來自於莊子的《人世間》，記載的是這樣一個故事：

春秋時期，各國賢人輩出，他們是各國君主想拉攏來教導下一任接班人的首選。魯國有個賢人名叫顏闔，近日接到了衛國國君衛靈公的邀請，想讓他成為衛國太子蒯聵的老師。

顏闔將要去做衛國太子老師的時候，來向衛國賢大夫蘧伯玉求教：「有這樣一個人，他的德行非常的差。對他進行教導時，如果任其所為不顧法度禮儀，就會對我們的國家產生危害；如果嚴格要求他守法重禮，就會危及到我自己。他的智識剛好能辨別別人的過失，卻還不足以認識到別人犯錯的原因。像這樣的人，我應該怎麼對待呢？」

蘧伯玉說：「你的問題問得非常好！對這樣的人，你需要做好準備，小心對待，

要先保持自身的正直。要在態度上遷就他，在內心要去理解他。即使這樣，也有需要顧慮的地方。態度上遷就他但不能完全認同，內心裡理解他但不能應用在行動上。如果完全認同他，就會做出顛倒黑白、喪失道德的事情，招致潰敗滅亡的命運。如果在行動上支持他，就會為了追求聲望美名，做出怪異甚至邪惡的事情。他如果像個天真的孩子，你就把自己當作嬰兒來教導他；他如果像是一無所有的窮人，你就把自己當作窮人來教導他；他如果像是言行不受拘束的人，你就把自己當成任性而為的人來教導他。達到了這種境界，就能做到沒有災禍了。不知你沒有有聽說過那隻螳螂的故事？牠張開自己的臂膀要去阻擋車輛前進的道路，卻不瞭解自己根本沒有力量做到，這是屬於過於高估自己能力的典型。如果總是自吹自擂覺得自己很有能力，所以觸犯他的話，那就很危險了。」

自此之後，「螳臂擋車」就成為了自不量力之人的代名詞。

說起「螳臂擋車」，歷史上倒真有一個傳說故事：春秋時，齊國的國君齊莊公，有一次坐著車子出去打獵，忽見路旁有一隻小小的蟲子，伸出兩條臂膀似的前腿，要想來阻擋前進中的車輪。莊公問駕車的人：「這是一隻什麼蟲子？」

駕車的人答道：「這是一隻螳螂，牠見車子來了，不知趕快退避，卻還要來阻擋，真是不自量力！」

莊公笑道：「好一個出色的勇士，我們別傷害牠吧！」說著，就叫駕車的人把車子靠邊，讓開牠，從路旁駛過去。這件事情，很快就傳開了。人們都說莊公敬愛勇士。便有很多勇敢的武士，紛紛來投奔他。

智慧人生

同樣一個詞卻有不同的解釋，既然日常中我們都知道它的負面意思，那麼今天便來看看它的正面意思：如果一個人肯為了一項高尚的事業不惜付出自己的生命也不後悔的話，那麼這樣的人起碼應該是值得我們尊敬的。

匡衡鑿壁——皆可能

匡衡，字稚圭，東海郡承縣（今棗莊市嶧城區王莊鄉匡談村）人。西漢經學家，以說《詩》著稱。他年少時勤奮好學，終憑一己之力，位極人臣，是青年人學習的楷模。

匡衡最初生在農民之家，家境貧寒，雖然自己很想讀書，但是他明白：一來家裡出不起讓自己去讀書的費用，二來自己日後是家裡的主要勞動力，能讀書的時間也會越來越少。後來，他的一個親戚見他對知識的渴求如此強烈，便教他識字。

村中有一個大戶人家，家裡有很多藏書，匡衡聽說後便跑到了這家來，問人家收不收短工。如果可以的話，他願意無償為這家人做工。對方覺得很奇怪，就問他想要什麼，匡衡說：「您只需把家裡的書借我閱讀即可。」主人聽到後深受感動便答應了這個要求，從這以後匡衡終於有書可以讀了。

在西漢時，中國四大發明之一的蔡倫紙還沒有出現，那時候的「書」只有兩種：一種是請工匠把字刻在一根根長短一樣的竹簡上，然後用繩子連起來，叫「簡書」；還有一種是寫在絲綢上的，更加珍貴，叫「絹書」，一旦竹簡掉了一節，絲綢破了一個洞，那麼整本書就毀了。

在秦始皇焚書坑儒之後，本來就為數不多的書更是成為了一種很珍貴的東西，因此書是很難外借的。

這對每天從早到晚都要工作的匡衡來說，是非常痛苦的，因為家裡沒有燈油，所以晚上他是無法讀書的。每日讀書的時間只有中午休息時那一點點時間，一本書往往要讀很久，自己很難進步。再說，別人也不太願意把書借給他這麼長時間。匡衡一直在琢磨有沒有什麼好的辦法，能讓自己晚上也能讀書。

匡衡的鄰居家境很富裕，一到晚上好幾間屋子都點起蠟燭，把屋子照得通明。一天，匡衡鼓起勇氣，對鄰居說：「我白天工作，只能晚上讀書，可是家裡買不起蠟燭也買不起燈油，不知能否借用您家的方寸之地讓我讀幾頁書呢？」

可惜這位鄰居人品德實在太差，他一向瞧不起窮人，就惡毒地挖苦說：「既然窮得買不起蠟燭，還讀什麼書呢？」匡衡聽後非常氣憤，不過他更是下定決心，一定要把書讀好。

有一天晚上，匡衡躺在床上閉著眼睛背誦著白天讀過的書。背著背著，突然感到眼前一亮，睜開眼一看，發現牆壁上透過來一線亮光。他立刻站起來，走到牆壁邊一看，原來是房屋年久失修，牆壁開始出現了小縫隙，鄰居家的燈光就是從縫隙裡透過來的。匡衡見狀，靈機一動，他拿了一把小刀，把牆縫挖大了一些。這樣，透進來的光亮也變大了，他就湊著透進來的燈光，讀起書來。

匡衡就是這樣刻苦地學習，後來成了一個很有學問的人。

智慧人生

從鑿壁借光的事例可看出：外在因素（環境和條件）並不是決定性的因素，匡衡在極其艱難的條件下，透過自己的努力學習，終於一舉成名。這就說明內在因素才是事物發展、變化的根據和主要原因，外在因素只是影響事物變化的條件，它必須透過內在因素才能發揮作用。

孟母三遷——擇鄰棲

孟子，名軻、字子輿，魯國慶父後裔。中國古代著名思想家、教育家、儒家學派的代表人物，著有《孟子》一書。孟子繼承並發揚了孔子的思想，成為僅次於孔子的一代宗師，有「亞聖」之稱，與孔子合稱為「孔孟」。

孟子的事蹟數不勝數，但是伴隨他出現的眾多人物中，有一個人的名字甚至比孟子本人還要出名，那就是他的母親——仉氏。孟子的父親是一位懷才不遇的讀書人，他為了光耀門楣，便拋別嬌妻稚子，遠赴宋國遊學求仕，三年後，帶給妻子的卻是晴天霹靂般的噩耗。從此，孤立無援的孟母開始了坎坷的人生旅途。她下定決心，要憑著自己的雙手謀取衣食所需，把兒子教養成為一個有用的人。

在孟子小的時候，他們最初居住的地方

離墓地很近。孟子就和鄰居的小孩一起學著大人跪拜、哭嚎的樣子，玩起辦理喪事的遊戲。孟母看到了，心想：「如果兒子的聰明才智只用在對墳墓的膜拜上，長大了能有什麼出息？不行！我不能再讓我的兒子住在這裡了！」於是，她就帶著孟子搬到市集，靠近殺豬宰羊的地方去住。

到了這裡，孟子對做生意產生了興趣，他和小夥伴們一起用石子、木塊擺起了攤位，分別扮成顧客和商販來討價還價，有時爭得面紅耳赤，有時雙方滿意成交，居然像真的一樣。孟母原以為這裡人多或許能讓兒子學到些有用的東西，誰知兒子卻拿腔拿調做起了小商販，不由得暗自皺眉：「看來這個地方也不適合我的孩子居住！」有了上兩次的教訓，孟母把家搬到了一所學堂邊。

學堂裡朗朗的讀書聲，以及老師的諄諄教誨給了孟子極大的啟發，他向母親要求去讀書。孟母聽後，高興得很，立刻把送孟子去上學。

可是有一天，孟子翹課了。孟母知道後很傷心，等兒子玩夠了回來，就問他：「你最近書讀得怎麼樣？」孟子說：「還不錯。」孟母一聽，氣極了，罵道：「你這不成器的東西，逃了學還有臉撒謊騙人！我一天到晚苦苦織布為了什麼？」說著，就用剪刀把織好的布剪斷。孟子見狀害怕極了，就問他母親：「您為什麼要發這樣大的火？」孟母說：「你荒廢學業，如同我剪斷這布一樣。織不成布，就沒有衣服穿；不好好讀書，你就永遠成不了人才。」

這一次孟子心裡受到相當大的震憾。自此，他從早到晚勤學不止，把子思當作老師，終於成了天下有名的大儒。

孟母的教育既成就了孟子，更為後世的母親留下一套完整的教子方案，她本人也成為名垂千秋萬世的模範母親。後人把她與晉代名臣陶侃的母親，北宋文學家歐陽修的母親，南宋抗金名將岳飛的母親並稱中國「四大賢母」。

智慧人生

對孩子來說，他們年紀小，經歷的事情少，正處於長知識、學習的階段，模仿能力和好奇心極重，且缺乏分析判斷的能力，因此很容易受到環境的影響。有研究顯示，孩子性格的養成，興趣和個人愛好的形成，知識經驗的獲得，以及品行、心裡素質、才能等發展，都與社會環境有著關係，尤其是家庭環境更為重要。雖然說環境是外在因素，人是內在因素，但是孩子很小，他是很難主導自己行為意識的。因此，關愛孩子的成長環境，做為父母應該特別重視。

晏子智辯——大與小

晏嬰，字仲，諡平，夷維人（今山東萊州），春秋後期一位重要的政治家、思想家、外交家，生平以生活節儉、謙恭下士著稱。這位身材矮小、其貌不揚的齊國上大夫的許多事蹟直到今天也為人們津津樂道。

一次，他接受齊國國王的命令出使楚國。楚國國君知道晏子個子很矮，便想羞辱他一番。等晏嬰到達楚國都城時，發現城門緊閉，晏嬰命令屬下叫門。裡面很快傳出動靜，但大門依舊是緊閉的，大門側面的小門開了，侍從滿臉壞笑地說：「這門足以讓你正常出入，開大門實在是浪費人力，您不如就從這兒通過吧！」

晏嬰笑著對守門的侍從說：「我聽說出使人國，要從大門進入，而出使狗國，則需要走狗洞。我想請大人問一問貴國大王，我到底應該從哪個門進入呢？」

楚王無可奈何，只好把城門打開，以正常禮儀迎接晏嬰進城。

進入都城後，晏嬰到宮廷拜見楚王。楚王輕蔑地看看晏嬰矮小的身材，「為什麼派了你這麼一個小矮人來出使我國呢？」

「哦，這個問題啊！」晏嬰裝出恍然大悟的樣子，「我國有個原則，出使大國就派大人，出使小國，就派小人。我被派來出使楚國，就是根據這個原則！」

楚王被晏嬰的話堵得半天沒回過神來，只得下令晏嬰進城。

由於晏嬰此行做到了「出使四方，不辱君命」，他在齊國備受齊景公看重。因為晏嬰知識廣博，齊景公有時也很喜歡和他在一起說些逸聞趣事，尤其喜歡談論一些上古時期的傳說。

這天，齊景公問晏嬰：「方位有東南西北，人有高矮胖瘦，不知道這天下間的有沒有特別大的生靈呢？」

晏嬰問答道：「這自然是有的。在天地間最北部的地方，有一種鳥名叫大鵬，兩個闊大的翅膀一伸展，就無邊無際看不到盡頭。牠在北海中跳躍著啄食，頭和尾就充塞在天和地之間。」

齊景公道：「真是太不可思議了！那麼，這世界上最小的生靈是什麼呢？」

晏嬰回答道：「古書上記載，在東海的岸邊有一種極小的蟲子，要目力極好的人才能看得到牠們。因為牠們實在太小了，通常以蚊子、蒼蠅這類昆蟲的眼睫毛做為築巢之地，然後生生世世在那裡繁衍生息。這也就意味著牠們要經常在蚊子、蒼蠅的眼皮底下飛來飛去，可是蚊子、蒼蠅連絲毫的感覺也沒有。」

齊景公驚訝地說：「那麼這種蟲子有名字嗎？」

晏嬰答道：「東海的漁民稱這種蟲子為焦冥。」

齊景公感慨道：「世間之物真是無奇不有啊！」

自這次之後，齊景公對晏嬰的對答如流十分滿意，日後更看重這位博學多才的大臣了。

智慧人生

大鵬和焦冥，是先人們想像中的生靈。晏子透過兩者來説明，世間什麼東西都存在，有最大的東西，也有最小的東西，問題在於你知道或不知道。它啟示人們，宇宙中物質的存在和運動，形式是極其複雜、多樣的，因此，我們對世界的認識和對知識的追求也是永無止境的。

望洋興嘆——寬與窄

連綿的秋雨使得河水暴漲，漫過了堤壩，水面變得越來越寬闊，浩浩蕩蕩，一片汪洋。河神見此情形興奮不已，彷彿天下的美景盡在自己的流域之中。順流而下，他邊看美景邊讚嘆，覺得自己所掌管的這條河已經是天底下最大的水域了，所以也就欣然陶醉在這壯觀的景色裡。

順著河流，一路來到了大海，煙波浩渺的大海一望無際，洶湧的波濤拍打著海岸，一浪高過一浪，彷彿在高歌，又彷彿千軍萬馬在狂奔，那種浩瀚的場面讓河神感受到了一種來自心底的強烈的震撼。在大海面前，河神頓時收斂了自己的興奮與狂傲，祂突然發現自己是如此的無知與短淺。

俗話說，人外有人，天外有天，在海神面前，河神道出了自己的心聲：「曾經有人說孔子也不是天下最有學問的人，普天之下還有許多他不知道的事情；也有人說伯夷的高尚品德也不是最完美的，依然有其他行為更加高尚的人不為我們所知。以前我對這樣的說法半信半疑，現在才明白這話有著極為深刻的道理，如果我執迷不悟的一味地做一些坐井觀天之類的事情的話，將來一定會令人恥笑。」

聽完河神的話，海神開口笑了：「花兒開在春天，它永遠也不知道冬天還會有飄逸的雪花；昆蟲生活在溫暖的夏天，牠永遠也不會知道冬天會有多麼的寒冷；見識淺的人，有些事情講給他們聽，他們也不會懂。如今祢走出了河流來到了大海，視野比原來開闊了，見聞也比原來增長了，這世界博大精深，包羅萬象，有學不完的知識。見識越少的人越以為世界不過如此，而見識越多的人越知道這世界上還有更多的知識與道理，也才會更加謙虛。有點成績就滿足的表現恰恰是缺乏遠見卓識，孤陋寡聞造成的。」

智慧人生

這則寓言，意在告訴我們，做人不要狂妄自大，更不能好高騖遠。要知道，人外有人，天外有天。

二人弈子──集與散

在中國古代，「琴、棋、書、畫」是每個文人才子必備的技藝。棋，指的就是圍棋。這種使用格狀棋盤及黑白二色棋子進行對弈的棋類遊戲規則十分簡單，卻擁有十分廣闊的落子空間，使得圍棋變化多端。下圍棋對人的智力開發很有幫助，可以增強人的計算能力、創造能力、判斷能力，也能提高人的注意力和控制力。

相傳，發明這種棋類遊戲的人是上古賢君──堯。堯統治期間，人民安居樂業，只有一件事情讓他頭痛，就是他的兒子丹朱雖然已經十幾歲了，卻每日遊手好閒，不務正業。族人時常有怨言，卻都因為堯而忍耐下來。堯每每訓斥丹朱，丹朱卻總找藉口搪塞：「天下百姓都聽父親的話，土地山河也治理好了，兒子實在不知道有什麼可做的，只能玩耍。」

堯想了很久，覺得要讓兒子改過，只有從娛樂方面下手。於是，他發明了圍棋，將自己在征戰過程中如何利用石子表示前進後退的作戰謀略透過這種遊戲傳授給丹朱。可惜的是，丹朱雖然學的很認真，最終還是被自己的狐朋狗友拉去為非作歹，堯無奈之下只好傳位給了舜，但圍棋這種遊戲卻流傳了下來。

弈秋是第一個史上有記載的的圍棋專業棋手，也是史上第一個有記載的從事教育的圍棋名人。關於他的記載，最早見於《孟子》。由此推測，弈秋可能是與孟子同時代的人。

由於棋術高明，當時就有很多人想拜弈秋為師，最終他選擇了兩個天賦極佳的學生來傳授棋藝。一個學生誠心學藝，聽老師講課從不敢怠慢，十分專心。另一個學生大概只圖弈秋的名氣，雖拜在門下，並不下工夫。在老師講棋時，他心不在焉，探頭探腦地朝窗外看，想著鴻鵠什麼時候才能飛來，好用箭將其射下來。兩個學生同拜一個師父，前者學有所成，後者未能領悟棋藝，可見學習一定要專心致志才能有所成就。

學習要專心，下棋也要如此，即便是弈秋這樣的大師，偶然分心也不行。

有一日，他正在下棋，突然聽到一陣悠揚的樂聲，如從雲中撒下，原來是一個吹笙人路過這裡。弈秋一時出了神，側著身子傾心聆聽。此時，正是棋下到決定勝負的時候，笙突然不響了，對手探身向弈秋請教圍棋之道，弈秋竟不知如何對答。

其實，不是弈秋不明圍棋奧秘，而是他的注意力此刻不在棋上。

智慧人生

對待學弈，有的人專心致志，有的人一心二用，說明像弈秋那樣的圍棋高手來教人下棋，也是需要聚精會神才能學得好。由此可知，對待學習，名師的傳授固然不可或缺，但自己的學習態度更為重要。

歧路亡羊──左與右

有位大學者名叫楊子，門下弟子甚廣。

這天，他正在教授課程時，突然聽到外面傳來了一陣響動，好像一大群人哄跑的聲音。不久，突然有個人闖了進來。楊子一看，見來者是自己的鄰居。他說自己的家裡走失了一隻羊，親朋好友都幫忙找羊了，想請楊子的僕人一起去追趕羊。

楊子覺得很奇怪，問道：「不過是走失一隻羊而已，何必如此興師動眾呢？」鄰居苦笑著說：「那羊往村口的岔路跑去了，岔路口太多，只能讓大家分頭去找。」楊子點了點頭，命令僕人也去幫忙尋找。

到了傍晚，楊子看到鄰居一臉疲憊地回來了，便問道：「找到羊了嗎？」鄰居搖搖頭說：「沒有找到，還是被牠跑掉了。」

楊子問：「這麼多人去找，怎麼還是讓牠跑掉了呢？」鄰居無奈地說：「我們追到村口的岔路，沒想到岔路之中還有岔路，越來越多，像個大蜘蛛網一樣，所有的人都不夠用了。我們也不知道牠到底從哪條路上跑掉了，最後只能回來了。」

楊子這回沒吭聲，可是一連幾天，他都板著臉，不見一絲笑容，甚至還會流露出一副十分難過的樣子。

他的一個學生很擔心老師的身體，便勸慰道：「不過是走失了一隻羊，原本就不值什麼錢，更何況還不是您的，為何要愁眉不展呢？」楊子嘆了口氣，卻什麼都沒有說，這讓他的學生百思不得其解。

楊子的得意門生孟孫陽把這個情況告訴了自己的好友心都子。心都子聽到後，便和孟孫陽一起來謁見楊子。

心都子問楊子道：「從前，有兄弟三人，一起在齊國和魯國一帶求學。他們拜在同一位老師的門下，把關於仁義的道理都學通了才回家。回到家後，父母問他們：『既然你們已經學有所成，那麼請告訴我仁義的道理究竟是什麼呢？』老大說：『仁義使我愛惜自己的生命，而把名聲放在生命之後。』老二說：『仁義使我為了名聲不惜犧牲自己的生命。』老三說：『仁義使我的生命和名聲都能夠保全。』這三個人都是師從儒家，卻得出了不同甚至是相反的答案，您認為他們三兄弟誰才是正確的呢？」

楊子回答道：「從前，有一個人住在河邊，這個人水性很好，以划船擺渡為生，賺到的錢足夠養活一百口人。想和他學習水上功夫的人成群結隊，可是這些人幾乎一半都溺水而死了。他們本來是來學習泅水的，不是來送死的，可是目的和結果截然相反，你說誰是正確的誰是錯誤的呢？」心都子聽了楊子的話也嘆了口氣，默默地和孟孫陽一起走了出來。

出來後，孟孫陽責備心都子說：「請您來寬慰老師的，結果您怎麼也嘆起氣來了，而且不管是提問還是回答都是晦澀難懂，我越聽越糊塗了。」

心都子說：「大道因為岔路太多而丟失了羊，求學的人因為方法太多而喪失了生命。只有歸到相同的根本上，回到一致的本質上，才不會迷失方向。你是他最為得意的弟子，學習他的學說，卻不懂得他說話蘊含的寓意，真是太可悲了！」

智慧人生

岔路太多，丟失的羊就不容易找到。同樣的道理，讀書人求學，如果目標不專一，也會迷失方向，不能夠取得成功。

推而廣之，我們在人生路上也常會遇見許多的歧路，你我是否也會成為一個歧路上的迷途之羊呢？這不得不讓我們為之警醒。

鵷鶵與鴟——世與道

如果你經常看《莊子》你就會發現，就像每一個Tom貓身邊都會有一個Jerry鼠，每一個超人背後都會有一隻默默挨打的小怪獸一樣，莊子這個說話尖銳的人身邊也有一個亦敵亦友的人，那就是惠子。

惠子就是惠施，宋國（今河南商丘市）人，戰國時政治家、辯客和哲學家，是名家的代表人物，也是合縱抗秦的最主要的組織人和支持者。對於莊子這樣能說出「以天下為沉濁，不可與莊語」的人，想找一兩個能說得上話的朋友還真難。不過惠子的確可以算其中一個，他們都好辯論，辯才犀利無比；他們都很博學，對於探討知識有濃厚的熱誠。

不過兩人討論的時候，大多都是惠子被莊子的詭辯辯得說不出話來，而且在莊子的眼中，惠子這個人頗有些小心眼。惠子做為一個政治家，當過梁國的國相，莊子聽說了這個消息便去看望他。有人對惠子說：「您聽說了嗎？莊子到梁國來就是想取代您的。」此時莊子聲名在外，是各國都急於拉攏的人才，對於這個有可能會搶自己飯碗的人，惠子還是很害怕的，他命人在國都搜捕了三天三夜，想把莊子抓起來遣返回去。誰知道找來找去都沒找到人，惠子更害怕了。

在他寢食難安之際，卻看到莊子直接找上門對他說：「南方有一種鳥，牠的名字叫鵷鶵，是鳳凰神鳥的旁系，所以牠和鳳凰一樣，不是梧桐樹不棲息，不是竹子的果實不吃，不是清甜的甘泉不飲。這樣的一隻鳥，某天路過一片樹林，遇到一隻正叼著一隻腐爛老鼠的貓頭鷹。貓頭鷹看到鵷鶵還以為牠是來搶食的，於是仰頭瞪著牠，發出『嚇』的怒斥聲。現在你也想用你的梁國來『嚇』我吧！」

莊子和惠子，在現實生活上固然有距離，但在情誼上，惠子確實是莊子生平唯一的契友。

有一次，莊子送葬，經過惠子的墳墓，他回頭對跟隨他的人說：「楚國郢人塗白堊，鼻尖上濺到一滴如蠅翼般大的污泥，他請匠石替他削掉。匠石揮動斧頭，呼呼作響，隨手劈下去，把那小滴的泥點完全削除，而鼻子沒有受到絲毫損傷，郢人站著面不改色。宋元君聽說這件事，把匠石找來說：『你試著表演給我看吧！』匠石回說：『我以前能削，但是我的對手早已經死了！』自從先生去世，我沒有對手了，沒有談論的對象了！」

在這短短的幾句話中，莊子流露出了真摯之情。

智慧人生

惠子處於統治階層，免不了會染上官僚的氣息，這對「不為軒冕肆志，不為窮約趨俗」的莊子來說，當然是很鄙視的。據說，惠子路過孟諸，身後從車百乘，聲勢煊赫，莊子見了，連自己所釣到的魚也嫌多而拋回水裡去。按照現代人的看法，無論是獨善其身，還是追求榮華富貴都不應該用道德來評價，畢竟人各有志，只要是不損害別人的利益，不危害社會即可。

濫竽充數——真與假

竽，古代吹奏樂器，形似笙而較大，管數亦較多，戰國至漢代曾廣泛流傳。

戰國時期，齊國的國君齊宣王酷愛音樂，尤其喜愛聽吹竽。他有一個嗜好，非常喜歡很多人一起為他演奏。因此，他手下有一個擁有三百人的樂師隊伍，每一次演出都是三百人同時出場。

齊國有一個叫南郭先生的人，便從中發現了一個賺錢的絕佳機會。於是，他來到齊宣王的面前，對齊宣王說：「大王，我是齊國一個很有名的樂師，我能吹奏出絕妙動聽的音樂來，聽我吹竽的人都會為之感動，就連小動物也會被深深地吸引。聽說大王喜歡音樂，我很願意為您演奏。」昏庸的齊宣王，竟然就這樣輕易地相信了南郭先生的話，連考核都沒考核就將南郭先生編入了這三百人的樂師隊伍中。

其實這只是南郭先生的一個彌天大謊，他根本就不會吹竽，更別提能吹出什麼優美的音樂來。每次演奏時他都是學著別人的樣子，在人群中裝模作樣，表現出一副很賣力的樣子，並不真正演奏。南郭先生的騙術矇蔽了齊宣王多年，他像其他樂師一樣拿著優厚的待遇。

南郭先生原本以為能這樣一直混下去，誰知天有不測風雲，齊宣王駕崩了，他的兒子齊湣王繼了位。與齊宣王不同的是，這位年輕的國王，卻不喜歡喧鬧的場面，他喜歡聽獨奏，並發布了一道命令，讓這三百個人好好練習，做好準備，輪流吹竽給他欣賞。濫竽充數的南郭先生聽到這個消息後急得像熱鍋上的螞蟻，惶惶不可終日。他想來想去，覺得這次再也混不過去了，只好連夜收拾行李逃走了。

智慧人生

假貨沒有被發現叫幸運，被發現了叫正常，想要假貨不被發現，唯一的辦法就是把自己變成真貨。南郭先生之所以成功，這和齊宣王的管理不善有很大的關係，所以說被坑了錢也是應該的，只是苦了老百姓，自己繳的稅供養了這樣的君王和騙子。

第六章

那些微妙的選擇和道理

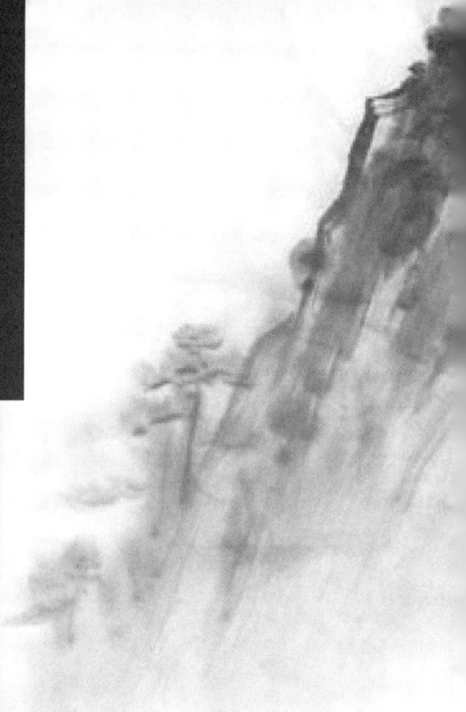

東食西宿——怎能兩全？

俗話說，生得好不如嫁得好。這句流傳很久的俗語到現在還是很適用的。以下這個故事，就是關於出嫁的。

從前，在齊國的首都臨淄，有戶普普通通的人家，主人家姓劉，平日裡做點小生意維持生計，日子雖然不富裕倒也不錯。只是有一件事情挺擔心的，他和媳婦成親快三年了，至今還沒有一男半女，總覺得生活裡少了點什麼。有人告訴他，城北有一座廟，裡面供奉的是九天玄母娘娘，據說很多沒有孩子的家庭都去那個地方燒香許願，回去便有了孩子，為此香火一向很興旺。

聽了之後，劉某心中很期望，便帶著媳婦一起去拜了玄母娘娘。不知道是不是真的靈驗，過了三個月，他的媳婦告訴他昨天夜裡做了一個夢，夢裡面有一道彩霞飄到了自己的身上。過了不久，媳婦就懷孕了。夫妻兩人十分高興，立刻備了厚禮去玄母廟還願。

十月懷胎，劉家媳婦生了一個漂亮的女娃娃，並取名為「彩霞。」小彩霞漸漸長大了，出落得更是楚楚動人，倒真有古人筆下「以花為貌，以鳥為聲，以月為神，以玉為骨，以冰雪為膚，以秋水為姿」的意思。才剛剛到出嫁的年齡，提親的人差點就踏破了劉家的門檻。劉家只說讓彩霞自己看，可是彩霞自己卻是一個都不答應。

這是為什麼呢？

原來，彩霞姑娘是個很有主見的女孩，她想挑選一個有貌有才並且有錢的郎君。只是她是個女孩子，這種要求又怎好向父母提呢？現在來提親的那些人統統都不符合彩霞的心意，也難怪會被拒絕掉了。

就這樣，三年過去了，彩霞的年齡越來越大，父母心裡都很著急，這樣挑來挑去的要是嫁不出去了怎麼辦，於是經常規勸她：「女兒啊！我們又不是什麼大富大貴的人家，選個差不多的就行了，眼光不能太高了。」彩霞聽後也只是微微一笑，什麼都不說。父母眼看這樣下去不行，於是開始備了厚禮找來媒婆多方打探，看看有沒有什麼好人家給自己女兒選擇。

媒婆忙碌了好久興沖沖地跑來說：「您老真是好運氣，最近兩個最好的後生都讓您給碰上了。」劉某連忙倒茶，讓她詳細講講。媒婆道：「這第一個嘛，就是城東的李家，李家的公子長相雖然很一般，但是李家可是齊國第一富商之家，金銀珠寶多的堆都堆不下，你家的姑娘要是能嫁過去，豈不是一輩子都享盡榮華富貴了嘛！」

劉某笑的合不攏嘴，然後問這第二個是哪個。媒婆又道：「這第二個嘛，就是城西孫家的公子。」劉某道：「就是那個齊國第一美公子嗎？」媒婆說：「正是這位公子，平日裡出門小姑娘們都拿東西相贈呢！這孫公子的長相和你家姑娘還真是般配啊！不過只有一點，這孫公子家境不太好。」

媒婆走後，劉某連忙把彩霞叫來，把兩個人的情況都和她說了，問道：「妳如今年紀也不小了，就在這兩個之中選一個吧！」彩霞也只是笑，不回答。劉某急了道：「妳要是害羞的話，為父有個方法，妳就當這孫公子在妳的左手，李公子在妳的右手，妳喜歡哪個就把哪隻手伸出來。」

彩霞想了想，先是慢慢伸出左手，父親剛點了點頭，接著又看女兒把右手伸了出來。父親驚訝地問：「妳這是什麼意思呢？」彩霞慢條斯理地說：「女兒的意思不是很明白嗎？我願意到東家去吃飯，到西家去住宿啊！」

智慧人生

不要小看東食西宿的理想，更不要以為這僅僅是諷刺某些人貪心不足的笑話。實際上，在我們的時代，這種試圖一個人佔盡所有好事，求得東食西宿的心態始終不曾消失，在某些情況下還表現的非常嚴重。所以，我們每一個人都要警惕和反省。

齊人自誇——男兒志短

從前，齊國有一個人，在他還沒出生的時候，家裡就給他結下了一門親事，是好友家的女兒。不過自從他出生後，這家人就搬走了，所以他一直沒見過自己的未婚妻子是什麼樣的。這家人也算是個殷實之家，到了這個人該找媳婦的年齡了，家長卻發現好友已經失去聯繫很久，便派人去查看。後來得知消息，那家人遇上了搶匪，夫妻兩人雙雙斃命，小女兒至今下落不明。這邊的家長是個遵守承諾之人，想著也許以後能找到那個可憐的女孩，於是就找來了一個家境貧寒的姑娘給兒子當小妾。

就這樣三年過去了，齊人的家鄉突然發生了瘟疫。父母染病死去後，齊人就繼承了家業。本來打算在父母喪後三年就正式讓小妾成為正房，誰知守孝到第二年的時候，有個年輕姑娘上門，說是好友的遺孤，這次是履行承諾上門的。齊人看了姑娘拿的信物婚書，就將她娶為妻子。

妻子和小妾一見如故，竟相處的十分愉快，齊人覺得十分驚喜，認為以後生活就這麼過下去也不錯。

沒想到才過了一段日子，妻子就和他說：「夫君，男兒大丈夫要頂天立地，不能守著祖業過活，你好歹要為以後的日子考慮考慮。你不妨出門結交些朋友，做些生意也好。」小妾也在一旁點頭稱是。這下子齊人可傻了，他自幼被父母寵愛，雖說沒有少爺脾氣，但是自己從小到大什麼都沒做過，現在家裡的帳都是妻子在管的。他生性怯懦，但也沒有反駁妻子的話，就說：「好吧！那我出去試試。」

他遵照妻子的指示出門想結交一些朋友，可是他從小就不善言談，第一次出門就被人騙走了銀子，回到家被妻子訓斥了一通。自那天起，只要出門他便在外面拿著銀子吃喝一番再回家，可是這樣下去，不久又被妻子發現了，又是一番斥責。妻子給他少量的錢，並且要如實彙報這些銀子的用處和最近認識了哪些人。齊人覺得這樣的日子實在是太可怕了，有天轉到了一個地方，腦袋靈光一閃，想出個好點子來。

齊人的妻子最近覺得丈夫好像突然變成了另外一個人，平時能不出去就肯定不出去，現在每天都很早的就出門了；本來以為他又拿著錢出去胡鬧，可是每次銀子都是一分不少地拿回來，而且丈夫都是吃得飽飽的。妻子問他最近結交了一些什麼人，他說出的名字全都是些有錢有勢的人，這實在是太奇怪了。

妻子對小妾說：「夫君一直被長輩愛護著，到現在都還像小孩子一樣，最近他每日出門，總是酒足飯飽地回來，銀子一分也沒動，問他和什麼人吃喝，他總說是那些有錢有權的人，這實在是很奇怪啊！」

小妾說道：「確實奇怪呢！照姐姐這樣說，我可從來沒看到過什麼有錢有勢的人來咱家拜訪過。要不然，明日妳我悄悄跟他出門一探究竟如何？」妻子道：「如此也好，不過家裡總要有人在，還是我明日去吧！」

第二天早上起來，妻子便尾隨在丈夫的後面。可是走遍全城，卻沒有看到她丈夫和任何一個人說過話。第二天早上起來，她便尾隨在丈夫的後面，走遍全城，沒有看到一個人停下來和她丈夫說過話。最後他走到了東郊的墓地，向祭拜墳墓的人要些剩餘的祭品吃；不夠，又東張西望地到別處去乞討——這就是他酒醉肉飽的辦法。

他的妻子回到家裡，告訴小妾說：「夫君是我們仰望而終身依靠的人，現在他竟然是這樣的！」兩個女人相擁而泣。不知道事情已經被戳穿的齊人卻是得意洋洋從門外回來，在他的兩個女人面前大擺威風。

智慧人生

人們常把有一夫多妻的富貴生活稱為「齊人之福」，這就是從這個故事演化而來的，不過恐怕任何一個女人都不想嫁給齊人，志短如此，確實非良人也！

祝鮀論狗——君王恩寵

彌子瑕，古代有名的美男子，也是中國歷史上有名的同性戀者，此人的另一半就是他侍奉的衛國君主衛靈公。憑藉美貌和頭腦，彌子瑕十分受衛靈公的寵愛。

中國古代形容同性戀者的語詞都是有典故的，比如「斷袖分桃」這個成語，前者指的是西漢的董賢和漢哀帝，有一次哀帝醒來，看到自己的衣袖被董賢枕在頭下壓住了，他怕拉動袖子驚醒「情人」，於是用刀子將其割斷，可見其愛戀之深。至於「分桃」，出處便在彌子瑕和衛靈公這裡了。

某天，他們兩人同去御花園遊玩，當時正值蜜桃成熟的季節，滿園的桃樹結滿了白裡透紅的碩果。輕風徐徐送來蜜桃醉人的芳香，讓人垂涎欲滴。彌子瑕伸手摘了一個又大又熟透的蜜桃，咬了一口，甜蜜新鮮的滋味讓他十分滿意，而他已經習慣了拿一切東西和衛靈公分享，於是將自己咬過一口的蜜桃遞給了衛靈公道：「這桃子可真甜，國君您也嚐嚐看。」衛靈公絲毫不介意這是別人咬過的桃子，理所當然地把它吃完了，之後還十分開心地對別人說：「彌子瑕吃什麼都不忘記給我留著，這正是愛我的表現啊！」

還有件事能表現出衛靈公寵愛彌子瑕的程度。有一次，彌子瑕的母親生了重病，想通知他回來看看，可是當時天色已晚，宮門已經關上了，捎信的人摸黑翻了宮廷的牆才把這個消息通知給了彌子瑕。彌子瑕心急如焚，恨不得現在插上翅膀立刻飛回母親身邊。可是現在根本出不去，京城離他的家實在太遠了，但彌子瑕若是不能見上母親一面又怎能甘心呢？想來想去，他把主意打在了衛靈公的馬車上。

國君的馬車不僅可以立刻出城門，而且拉車的都是千裡挑一的良駒。可是衛國的法令明文規定，私駕君王馬車的人要判斷足之刑。為了能盡快趕回去看母親，彌子瑕也顧不得那麼多了，於是假傳君令讓車夫駕著衛靈公的座車送他回家。

這等重要的事情當然有人告訴了衛靈公，但是衛靈公不僅沒有責罰彌子瑕，反而稱讚道：「你真是一個孝子啊！為了替母親求醫治病，竟然連斷足之刑也無所畏懼了。」自此更加寵愛他。

有一次，彌子瑕和衛靈公因為某件小事吵了起來，衛靈公一怒之下命人將彌子瑕打了一頓趕了出去。過了三天，衛靈公又開始想念彌子瑕了，於是詢問一個叫祝鮑的大臣道：「前幾天我和彌子瑕為了一點小事情爭吵了起來，到今天為止我已經三天沒見到他了，他會不會怨恨我，從此不見我了呢？」

祝鮑回答道：「這是不可能的。」衛靈公驚奇地道：「你為什麼這麼肯定呢？」

祝鮑道：「國君您沒見過狗嗎？狗是依賴人生活的，沒有主人餵牠食物，牠怎能活得下去呢？主人發怒打牠，牠當時嚎叫著逃開了，等到想吃食的時候，又會畏畏縮縮地靠上來，到時候就會忘記了曾經挨打的事。彌子瑕就是您的一條狗，失去了您的歡心，就會沒有食物吃，他哪敢怨恨您呢！」衛靈公點點頭，頓時覺得十分輕鬆了。

這種君王的恩寵會伴隨著美色的流逝而漸漸消磨掉，果不其然，在彌子瑕年老色衰以後，衛靈公再也沒有以前那種寬容他的態度了，而且不時就要和別人嘮叨起以前彌子瑕對君王不敬的行為：「這傢伙過去曾假傳君令，擅自動用我的車子；目無君威地把沒吃完的桃子給我吃。至今他仍不改舊習，還在做冒犯我的事！」

智慧人生

古人曾說伴君如伴虎，初時還會有些不解，到底有什麼可怕的，後來才發現，人與人交往的過程中，如果一方擁有絕對的權力，那麼這兩個人很難出現真正的友情或者是愛情。沒有平等的地位就談不上平等的感情，君王的寵愛就如同天邊的浮雲一般不可相信，彌子瑕最後下場很慘，但這能說是他自己一個人的責任嗎？

黃帝遺珠——柳暗花明

經過炎黃之戰、蚩尤之戰，黃帝統一了四方，可以安安心心當領袖了。但是，做一個領導者並不是那麼容易的，平時需要處理很多事情，尤其是經過多年征戰，很多部落都遭受到了損失，這使他在相當長的一段時間之內根本沒有時間娛樂。

一天，黃帝終於騰出了一點時間，可以出去稍微輕鬆一下，去哪裡呢？想了想，他決定去崑崙山遊覽。崑崙山，這座在古代又稱崑崙虛或者玉山的山系，在現實中是存在的，它在中華民族的文化史上具有「萬山之祖」的顯赫地位，許多神話故事的源頭都在於此。黃帝遊覽了崑崙山，只見湖水清瀅，鳥禽成群，野生動物出沒，氣象萬千，心情也不由得放輕鬆了，流連忘返而回。

誰知回到宮中，黃帝發現，自己隨身所攜帶的玄珠不翼而飛了，這讓他大驚失色。要知道，這顆寶珠接天地之靈氣，受日月之精華，蘊含了極大的力量，如果被壞人拿去了，那將是一場災難，於是黃帝立刻派了一名叫「知」的手下去尋找。

知，即智慧覺知之意，他是整個國家最聰明的人。得了命令以後，知開始運用自己的智慧，首先找出了當日黃帝從天宮到崑崙的所有路線，然後沿著這條路線一路而去，途中打探消息。令他失望的是，這麼一路走來，一點線索也沒找到，無奈之下，他只能回天宮覆命，說自己未能完成任務。

黃帝聽了知的彙報，立刻又派了一名臣子——離朱，前去查找。離朱，三頭六眼，是整個國家看的最遠、聽的最清楚的人，能視於百步之外，見秋毫之末。離朱接到命令後，開始運用自己的能力看遍一寸一寸的土地，聆聽每一個聲音，可是結果依舊令人很失望，玄珠還是沒找到。

這次黃帝有些著急了，派鍥詬去尋找。鍥詬，整個國家最能言善辯的人，只要他問話沒有問不出來的。鍥詬接到命令後，開始向每一棵樹、每一根小草、每一塊山石打探玄珠的下落，可是面對諸多的資訊他也不知道哪個是真的，哪個是假的，經過很長一段時間的忙碌，還是無功而返。

黃帝這次徹底無奈了，只得把這個任務交給了象罔。他是整個國家裡最粗心大意的人了，平日裡就渾渾噩噩的，做事情也總是丟三落四。這回是實在沒辦法了，才把這個任務交給他，黃帝自己都不抱希望了。可是三天之後，象罔就帶著玄珠回來了。

黃帝十分驚奇，問道：「你在什麼地方發現玄珠的呢？」象罔回答道：「陛下從崑崙回來的途中曾在赤水歇息過，這顆玄珠就是臣在赤水岸邊的草叢裡發現的。」黃帝大為驚嘆道：「別人找了很久都找不到的東西，象罔一去就找到了，這還真有點奇怪啊！」從此以後，這顆玄珠就交給象罔保管了。

象罔接到玄珠以後，依舊和往常一樣無所事事地東遊西逛。有一天，他路經軒轅丘，喝了很多酒，醒來就發現玄珠不見了。象罔大驚失色，四處尋找，最後只找到了一棵誰都沒見過的大樹。據說這棵大樹就是象罔在丟失玄珠那天突然出現的，最後無奈之下他只能將此事稟告給黃帝，不過說的比較含蓄，只說軒轅丘出現了一棵奇樹。

黃帝帶人前來查看後，方知這是玄珠落地生根所致，不過他沒有責罰象罔，而是笑著說：「一夜之間長成了大樹，有『早』的意思。我看以後就給這種樹取名為『棗樹』吧！」大家點頭稱好，這就是後世「棗樹」的由來。

智慧人生

莊子以此故事喻「道」亦如玄珠一般，可遇不可求。象罔無知無覺，渾渾噩噩，為先天境況，因為道法中先天可補心神，所以他能找回玄珠。這就是所謂的「踏破鐵鞋無覓處，得來全不費工夫。」

棘刺猴子——洞微查意

戰國時期，各國君王經常互訪往來，交換禮物。

有一年，燕國君王接到了趙國國君送來的禮物，這個一塊一寸見方的玉石上雕出了極美麗的花卉圖案。燕王從未見過這種技藝，問遍宮裡的工匠誰都說沒見過這種雕刻方法。燕王覺得很沒有面子，同樣是君主，怎麼趙國有的他燕國沒有呢？於是燕王下令，對外張貼榜文，徵求天下身懷絕技的能工巧匠奔赴燕國，為燕王出力，並許以豐厚的獎賞。

這道命令一出，自然有很多人到宮殿前請求拜見，可是對他們進行考察之後，燕王失望地發現他們都沒有那麼高的技藝。又過了幾天，有個衛國人前來應徵，燕王問他有何本領，此人回答說，自己能在荊棘的刺上雕刻出活靈活現的猴子。燕王心想，趙王送來的玉石有一寸見方，這個人能在荊棘刺上作畫，豈不是比趙王的工匠還有本事？於是心中大喜，立刻給他極其豐厚的待遇，供養在身邊。

過了幾天，燕王命人召見這個衛國工匠，說道：「那天聽到你說的工藝，寡人十分好奇，不知道你什麼時候能想讓我開開眼界，展現一下你的雕刻技藝呢？」

衛國人拱了拱手說道：「本該立刻給您展示，但是這項技藝有個非常特殊之處，想看之人必須要符合『天時地利人和』的條件。」

燕王很感興趣地問：「不知道都指是的什麼？你能說的更明白一些嗎？」

衛國人道：「所謂『天時』，就是要選擇一個雨晴日出的天氣。」

燕王道：「這個很容易。」

衛國人又道：「所謂『地利』，就是要一間能半明半暗的屋子。」

燕王道：「這個也不難，我回來讓工匠造這麼一間便是，那人和又是指的什麼呢？」

衛國人道：「這點最關鍵，非常重要，要觀看之人符合兩個條件，一是要提前半年開始就不近女色，二是不能喝酒，不能吃肉。」燕王聽到這個條件頓時傻了眼，這個他做不到，但又不甘心，只能繼續用錦衣玉食把這個衛國人供養在內宮，始終沒有機會欣賞到他雕刻的珍品。

時間一長，大家都對這個只知道吃吃喝喝，卻從來沒工作的人很有怨言，甚至很多人都覺得他根本就是一個騙吃騙喝的，但是誰都沒什麼辦法揭穿他。此時，燕王宮新來了一位鐵匠，這個鐵匠技藝精湛，待人和氣，很快就和大家打成一片。

當他見到了衛國工匠後，就對燕王說道：「大王，有件事情我想向您稟報一下，我懷疑那位衛國工匠矇騙了大王。」

燕王道：「何出此言呢？」

鐵匠道：「舉凡雕刻之人，長年用刀，手上都會有老繭，可是我觀察過，這個人手白白嫩嫩的。我們都知道，再小的雕刻品也要用刻刀才能雕刻出來，所以，雕刻的東西一定要比刻刀的刀刃大。如果棘刺的尖兒細到容不下最小的刀刃，那就無法在上面雕刻。請大王檢查一下那位工匠的刻刀，就可以知道他說的話是真是假了。」

燕王一聽，覺得十分有道理，立刻命人把那人叫來，問道：「你在棘刺上雕刻猴子，用的是什麼工具？」衛國人回答道：「自然是用刻刀了。」燕王道：「既然不能欣賞你的技藝，那麼先讓我看看你的刻刀吧！」

那個衛國人一聽，臉上頓生慌亂之色，不過立刻平靜了下來，說道：「那容我回住處去取刻刀吧！」說完，告退而出。一個時辰過去了，衛國人還沒回來，燕王派人去抓他，卻被告之，這個人早在一個時辰之前就溜出宮門去了。

智慧人生

謊言編得再巧妙，總會有漏洞之處，只要經過認真考察、仔細分析都能發現出來。根據這則寓言故事，人們常常把謊言稱為「棘刺之說。」需要說明的是，應該把故事中衛國人吹的牛皮跟今天的微雕藝術區別開來。隨著時代的發展和工藝的進步，人們可以憑藉極細的刻刀在頭髮絲上雕刻。但在一、兩千年前，人們的技藝還達不到這樣高的水準。故事中那位鐵匠的分析判斷是根據當時的水準做出來的。

南轅北轍——背道而馳

魏國，戰國七雄之一，最初定都安邑（今山西夏縣），後來遷都大梁（今河南開封）。它的領土最大時曾包括現在山西南部、河南北部和陝西、河北的部分地區。當時它西鄰秦國，東有淮、潁與齊國和宋國相鄰，西南與韓國相接壤，南面有鴻溝與楚國為界，北面則有趙國。

魏國的第一位君主是魏文侯，這是一位極其賢明的君主，他在戰國七雄中首先實行變法，任用李悝、吳起、樂羊、西門豹、子夏、翟璜、魏成等人，富國強兵，抑制趙國，改革政治，獎勵耕戰，興修水利，實力大大增強。於是北滅中山國（今河北西部平山、靈壽一帶），西取秦西河（今黃河與洛水間）之地，連敗秦、齊、楚諸國，開拓大片疆土，遂成為戰國初期最強大的國家。經過第二位君主魏武侯的努力，使魏國一躍為中原的霸主。

可是魏國的第三位君主魏惠王顯然是個敗家子，他剛愎自用，志大才疏，桂陵之戰本意是想滅掉趙國，結果卻被齊兵打了個落花流水。接下來的馬陵之戰更是把十萬精兵送進了齊軍的口中，自此之後，魏國開始走向衰落，再不復以往的強盛了。

後期的魏國君主卻依然不知道警醒，到魏國第六位君王——魏安厘王時，依舊沉浸在想稱霸天下的美夢中。

某日，魏安厘王向大臣宣布他要出兵趙國邯鄲，以雪當年魏惠王兵敗桂陵之恥。大臣們苦勸，可是魏安厘王根本聽不進去。

有人就立刻把這個消息通知給了魏國謀臣季梁。季梁是戰國後期有名的政治家、軍事家和思想家，被人稱為「神農之後，隨之大賢。」得到這個消息的時候，季梁正在奉命出使鄰邦的路上，他立刻意識到這是件很危險的事情，於是命令部下立刻半途折回，風塵僕僕趕來求見安厘王，勸阻伐趙。沒想到安厘王根本不聽，反而要責怪季梁違命之罪。

季梁道：「國君說的罪名我承認，但也請國君聽我說說回來路上的見聞吧！」

安厘王點頭應允。季梁道：「今天我坐車在太行道上，半途中有些迷路，當時遇見一個人坐車朝北而行，於是和他打聽道路，他告訴我想往楚國去。楚國在南方，我問他為什麼去南方反而朝北走呢？那人對我說道：『不要緊的，我所用的都是百年難見的好馬，日行八百夜行一千，牠們很快就能把我帶到楚國。』我提醒他，這個和馬沒什麼關係，主要是往北走不是到楚國該走的方向。那人拿出一袋的金銀珠寶給我看，說：『看到了嗎？這次出來我帶了很多的路費，不怕不夠用。』我又提醒他，路費多也不濟事，這樣到不了楚國。那人滿不在乎地指了指他的車夫，和我說：『看到沒有，我的馬夫很有經驗，他會帶我去的。』聽了這話，我再也沒有搭理這個人。他真是糊塗啊！方向不對，即使馬跑得特別快，路費帶得特別多，馬夫特別會趕車也是沒有用處的。相反，這些條件越好，使他離目的地就會越遠。」

看到安厘王若有所思的臉，季梁知道國君聽進去了，立刻趁熱打鐵地說：「如今，大王的每一個行動都想建立霸業，每一個行動都想在天下取得威信；然而依仗魏國的強大，軍隊的精良，而去攻打邯鄲，以使土地擴展，名分尊貴，大王這樣的行動越多，那麼距離大王的事業無疑是越來越遠。這不是和那位想到楚國去卻向北走的人一樣嗎？」

安厘王點點頭道：「你說的很對！」於是取消了這次計畫。

智慧人生

想到達南方，車子卻向北行，這種看起來很愚蠢的事情在現實中卻不是不可能發生的哦！無論我們要做什麼事情，第一步永遠是先要看準方向，然後才能充分發揮自己的優勢條件來完成這個目標。如果行動和目的相反，那麼你的優勢立刻會轉化為劣勢，因為它會把你拉的離成功越來越遠。

鷸蚌相爭——漁人得利

所謂戰國，就是今天你打我，明天我打他，後天我可能聯合另外一個他來打你，總而言之，就是打成一團。由此倒是催生了一個新的職業——說客。舉兵出征這種事情決定權在君主手中，這就意味著，如果你的口才極佳，人格魅力夠強，那麼你很有可能說服一位君主，取消一場戰爭、免除一個人的死罪或者發動一場戰爭、殺了一個人。凡是說服成功的，除了能名揚天下之外，還會有很高的封賞。因此，經常有人遊歷四方，尋找可以當說客的機會。

這一年，趙國將要出兵討伐攻打燕國。當時的燕國雖然經濟上還不錯，但是在軍事上確實不能和趙國相比。面對這種塌天大禍，燕王派出自己的暗探，讓他們幫忙搜羅有沒有合適的說客能去趙國遊說趙王，讓他取消這種想法。經過幾番查探，一個名叫蘇代的人最後確定下來做為說客出使到趙國。

蘇代，戰國時期的縱橫家，東周洛陽人，蘇秦的族弟。他曾經在很多國家待過，對各國的政事都很有瞭解，而且在之前，蘇代已經成功進行了很多次遊說。這次請他來，燕王還滿放心的。

蘇代在見到了趙惠王後，並沒有立刻和他探討燕王的事情，而是一起聊起了對周邊國家的看法。蘇代說：「在七個大的諸侯國中，武力最強的分別是齊國、楚國和秦國，其中又以秦國實力最強。現在楚國和齊國正在打仗，而秦國按兵不動做壁上觀，只是一個勁地發展自己的實力，恐怕這不是什麼好現象啊！」趙惠王點頭道：「這也是我在擔心的問題。」接著兩人分別對秦國做了一番分析，蘇代憑著自己的口才和見識很得趙惠王的賞識，於是趙惠王約定明日再見面聊一聊。

到了第二日，趙惠王帶蘇代去參觀自己的御花園，兩人一邊聊著一邊走，到了一處歇腳的地方，蘇代突然說：「剛剛看見大王的花園裡有這麼多美麗的鳥，我倒是想起了一件路上發生的趣事，不知道大王願意聽嗎？」

趙惠王答道：「可以。」

蘇代說：「我在來的路上，渡過易水時，見到一隻很大的河蚌在張開牠的殼曬太陽。牠的殼是金黃色的，在太陽下還閃著光，我想這樣的蚌真是少見，不如捉來給國君當禮物……」

趙王覺得很有意思，說道：「可是在禮單上並沒有看到這河蚌啊！」

蘇代接著說：「我剛要動手，就看到天邊飛過來一隻大鳥，如果沒記錯的話，這種羽毛茶褐色，嘴、腳都很長的鳥叫鷸，很顯然牠和我的目的一樣，都想捉到河蚌。只見牠伸出自己長長的嘴去啄那河蚌露出的肉，可是那河蚌反應很快，立刻合上了牠的殼，一下子就夾住了鷸的嘴。」

趙王笑了：「這倒是很有意思，牠們兩個不就僵住了嗎？」

蘇代說：「大王說的一點都沒錯，鷸對河蚌說：『你的死期到了，我就要把你拖住待在岸邊，今天不下雨，明天不下雨，不到三天你就會乾死。』河蚌也很不客氣地回嘴道：『你的嘴還在我的殼裡呢？今天你的嘴拔出不去，明天你的嘴拔出不去，三天沒吃東西，你就會餓死。』鷸和蚌都不肯放棄就這麼僵持著。這時候，一個漁翁把牠們都捉走了。」

趙王愣了愣：「這個結果寡人還真是沒想到。」

蘇代點點頭說：「我後來想想，這就好比現在的燕國和趙國，這兩個國家離秦國都很近，現在趙國攻打燕國，恐怕強大的秦國要當漁夫了。所以，我請大王再仔細考慮這件事。」

趙惠王道：「你說的的確很有道理啊！」於是便停止了攻打燕國的計畫。

經過這件事情後，蘇代的名聲在各諸侯國就更響亮了。

智慧人生

各種紛繁複雜的矛盾抗爭中，如果對立的雙方相持不下，就會兩敗俱傷，使第三方坐收漁翁之利。這也告誡人們不要只顧眼前的一點小利益或小怨，而忽略了身後的巨大危險。所以，在生活中我們應該學會抓主要矛盾，不能因小失大。

塞翁失馬——焉知非福

從前，有一個老人住在靠近長城一帶的塞外。看起來他和一般的人家沒什麼不同，都是普普通通的牧民。但與眾不同的是，這家的主人精通占卜之術。

老人的妻子由於積勞成疾，早已辭世。老人則和自己唯一的兒子住在平原邊靠河的一幢簡陋石屋中，過著樸素單純的日子。父子倆相依為命，共同飼養了一匹駿馬，兒子是老人生命的寄託，那匹駿馬則是兒子的驕傲和快樂。

一天清晨，他們的馬突然不見了，兒子急得四處奔走找尋，鄰居們也為老人遺失了唯一的財富而惋惜不已。可是老人卻默不作聲地倚在石屋外的矮牆上，面對人們的詢問或安慰，只是淡淡地說：「對萬事萬物都要心存感激，無所謂失去與擁有，什麼是福？什麼是禍？咱們等著看吧……」

幾天後，那匹駿馬回來了，後面還跟著一些野馬。老人和兒子很快就馴服了這些野馬，鄰居們也為老人意外的好運而歡唱恭賀。老人微笑著說：「我很感謝……但誰曉得呢？咱們等著看吧！」

這件事過去不久，老人的兒子在一次騎野馬奔馳的時候，不小心跌落下來，摔斷了腿。鄰居們將他抬進石屋，七嘴八舌地詛咒那匹野馬，並為男孩的厄運嘆息不已。老人坐在愛子的床邊，既不抱怨，也不詛咒，只是溫和地對兒子說：「上天是慈悲的，我很感激你生命的倖存！」

又過了一年，胡人大舉入侵長城一帶，朝廷不斷打敗仗，兵力不夠了，便採取強制徵兵的手段來擴充自己的軍隊。老人的兒子剛摔斷腿，軍官就來到村裡徵召年輕人入伍，準備參加一場打得正激烈的邊境戰爭。當地的年輕人被強行帶走了，全都戰死在了沙場，只有老人躺在病床上的兒子因病倖免於難。

智慧人生

這個故事在世代相傳的過程中，漸漸地濃縮成了一句成語：「塞翁失馬，焉知非福。」它說明人世間的好事與壞事都不是絕對的，有兩面性，在一定的條件下，壞事可以引出好的結果，好事也可能會引出壞的結果。但是，福與禍的轉化，需要一定的條件，不能誤解成福與禍的轉化是必然的。比如，在困境中一蹶不振，喪失信心，甚至失去生活勇氣，這禍就只能是禍了。所以，要注意把握好轉化的條件。

驚弓之鳥——聞聲知意

古代歷史上，神射手的傳奇故事可真不少，但是不用弓箭就能射到獵物的恐怕只有一位，他就是魏王手下的更羸。

據說，此人出生在射箭世家，從小就展現了過人的天賦，他的視力極好，能夠看清十丈之外葉子上的小昆蟲，臂力無窮，自小就能搬起比自己體重還重許多的石頭，而且從小就喜歡弓箭，睡覺時拿著箭套才睡得安心。長大後的更羸身高七尺七寸，猿臂善射，箭無虛發，十六歲時就被魏王召進自己的軍隊成為貼身護衛。

有一次，更羸陪魏國太子打獵，太子的射術一直沒有長進，總被魏王教訓：「你是我魏國的太子，射箭功夫為什麼差更羸一大截呢？」因此，太子對更羸總有心結，在某一次就想難為他一下。

兩人一路騎馬來到樹林中，太子道：「父王一直向我誇讚你的射箭功夫了得，不如你今天教我一手吧！」更贏道：「太子殿下真是太誇獎我了，殿下千金之軀，我這點雕蟲小技是入不了您法眼的。」太子繼續誇讚更贏，更贏非常不好意思，剛要謙虛一下的時候，就見太子突然變了臉色道：「難道平日大家對你的誇讚都是假的嗎？如果你徒有其表的話那就是欺君，我要稟告父王，治你的罪！」更贏愣了一下，不知道太子為何如此。

太子接著冷笑說：「我要看看你到底有沒有真本事，如果達不到本太子的要求，我現在就能治你的罪。」

更贏不知道自己什麼地方得罪了太子，但如果說到射箭的話，自己還是有把握，想到此便說：「不知殿下要如何考察微臣。」

太子指著遠處突然出現的兩隻狐狸說：「我要你一箭就把那兩隻狐狸射死，記住，狐狸皮是不能有損傷的。」隨從聽後都為更贏擔心，只見更贏笑了一下，拍馬上前追趕兩隻狐狸，等騎到跟前，取箭搭弓一氣呵成，旁邊的人取回了狐狸一看，只見箭從兩隻狐狸的眼中穿過，皮毛未損。太子見狀無可奈何，更贏之名更是傳遍魏國。

還有一次，更贏陪魏王散步，說起那次的射殺狐狸的事情，魏王再次誇讚了更贏的箭法，然後問道：「你上次展露出的箭法確實很神奇，還有沒有更神奇的箭法能讓我一飽眼福呢？」

更贏抬頭望望天，看到天邊遠遠地飛來一隻大雁，說道：「有，我現在不用箭，只要拉拉弓弦，就可以讓那隻大雁落下來。」魏王聽了，覺得很神奇：「若是真能做到，那你的射箭技術只怕是要通神了！請展示給我看看吧！」更贏領命，讓人準備弓箭。

不一會兒，只見那隻大雁飛到了兩人的頭頂上空，說時遲那時快，只見更贏拉弓向天，扣弦一動，隨著咻地一聲弦響，只見天上的大雁先是向高處猛地一竄，隨後翅膀在空中無力地撲打幾下，便一頭栽落了下來。

魏王驚訝極了，不由得拍掌大叫道：「真是了不得，你的箭術竟能高超到這等地步，真是意想不到！」更羸跪下說：「請大王先治我的欺君之罪。這不是我的箭術高超，而是這隻大雁身上有傷。」魏王更奇怪了：「大雁有傷和你的箭法有何關係，而且這大雁遠在天邊，你怎麼會知道牠有傷呢？」

更羸說：「我剛才就已經觀察了，此雁飛得很慢，而且鳴聲很悲涼。根據我的經驗，飛得慢，是因為牠身體有傷；鳴聲悲，是因為牠長久失群。這隻孤雁瘡傷未癒，驚魂不定，所以一聽見尖銳的弓弦響聲便驚逃高飛。由於急拍雙翅，用力過猛，引起舊傷迸裂，因此才跌落下來的。」魏王找人檢查了一下，果然如此，從此對更羸更是寵愛有加。

智慧人生

「驚弓之鳥」原指以巧致勝，現以此來形容受過驚恐的人碰到一點動靜就非常害怕。反過來說，它啟示我們做人做事要光明磊落，品行端正，方能心安理得，問心無愧。俗話說的「未做虧心事，不怕鬼敲門」就是這個道理。在這個故事裡，我們還應該注意到，細緻的觀察、嚴密的分析、準確的判斷是更羸虛拉弓弦就能射落大雁的原因。這樣的身手是需要長期的學習才能培養出來的。

對牛彈琴——白費口舌

《理惑論》，又名《牟子》，共有文章三十七篇，是現存的中國人所撰寫的最早的佛教著作。這本書中最著名的一個故事是關於一個人和一隻動物的。

公明儀，春秋時期魯國的一位著名古琴演奏家。他從小就顯露出過人的音樂天分，聽到悅耳的調子，他只要聽過一遍就能哼下來，一個音符都不會錯。別人在演奏的時候有什麼音不準的地方，他都能指出來。但是公明儀小時候家裡很窮，連糊口尚且都不能維持，怎麼能去學音樂呢？所以，公明儀只能聽別人演奏曲子，只要聽到精妙處就會情不自禁地手舞足蹈起來，別人都以為他是個瘋子。

看多了別人的演奏彈唱，公明儀很想得到一件能屬於自己的樂器。

一天，他躺在床上，外面下起了大雨，由於屋子很破爛，並不能抵擋住雨水的侵襲。公明儀看著雨滴從屋頂滲透下來，落在了桌上擺放的破碗上，發出清脆的聲音。雖然這個聲音對別人來說可能不算什麼，但公明儀聽後卻是眼前一亮，他立刻跳下床，找了一根筷子輕輕地敲擊破碗，果然發出了十分動聽的聲音。他高興極了，也不顧全身被雨水淋透，興高采烈地敲擊起來，並且發現碗的不同部分發出的聲音也是不一樣的。

雨漸漸地停了，公明儀驚奇地發現，除了敲打碗的不同部位可以發出不同的聲音外，盛水不同的碗發出的聲音也是不同的。於是，他開開心心地試驗了三天，終於用不同的碗組成了自己的第一件樂器。從此，只要有時間，他就敲出自己想要的曲調，音調清脆動聽，聽過的人都稱讚好極了。後來，公明儀被宮廷樂師收為弟子，教他音樂知識和彈奏技巧，並在臨終前把自己的古琴送給他當禮物。最終，公明儀成為一位非常有名的樂師。

成名後的公明儀並沒有驕傲，而是繼續沉浸在自己的音樂世界中。他不僅在室內彈琴，遇上好天氣，他還會帶著恩師留給他的古琴到郊外去彈奏。

有一個春日，天氣晴朗，萬里無雲，這樣的好天氣怎麼能辜負呢？公明儀帶著他的琴出門彈奏，來到一處山坡，他信手彈奏了一曲《陽春》，如水的琴聲漫延開來，讓人心曠神怡。彈完一曲，公明儀才發現，本來沒人的山坡出現了一個奇特的聽眾——一頭老黃牛正悠閒地在他旁邊的山坡上啃著青草。

凡是當藝術家的人身上都有點傻氣，公明儀對著老牛說道：「牛兄，今日一見，你我也算有緣，我彈一首非常高雅的曲調給你聽吧！」說完，他便演奏了上古雅曲——《清角》，這首曲子相傳為黃帝所作，能夠動天地，感鬼神。悲涼激越的曲調充斥在山間，只要能聽到的人，一定會潸然淚下。可是面前的老牛卻一點反應都沒有，只顧埋頭吃草。

公明儀又道：「唔，莫非牛兄你不喜歡如此高雅的樂曲嗎？那麼我換首輕快的曲子給你聽吧！」於是又演奏了一首小調，演奏完再看看老黃牛，只見牠甩甩尾巴，趕了趕牛虻，又一副悠哉的模樣，換個地方吃草。

公明儀不禁有些氣餒，想了又想，他突然撫掌大笑道：「牛兄，原來是我錯了，你是牛本來就該有自己想聽的調子啊！」這次，他用古琴模仿蚊虻嗡嗡的叫聲，還模仿了離群的小牛發出的哀鳴聲。那頭老牛果然立刻停止吃草，抬起頭，豎起耳朵，搖著尾巴，注意地聽著。

智慧人生

這則寓言譏諷聽話的人不懂對方說的是什麼。比喻對蠢人談論高深的道理，白費口舌。同時也用以譏笑說話的人不看對象。在故事中，可以看出公明儀並不是一個愚蠢的人，而是充滿了智慧，當他看到牛無動於衷時，就改變了彈法，模仿蚊子和牛虻的嗡嗡聲，以及小牛犢找母親的叫聲來彈，這下子老牛似乎聽明白了什麼，立刻搖著尾巴，豎起耳朵，細心地聽了起來。

心中有佛——豁達人生

宋代詞人蘇東坡才華橫溢、思慮敏捷，性格又豪爽開朗、幽默詼諧，是讓許多人喜歡的文人之一。民間流傳下來很多關於他的故事，其中尤以他與佛印禪師的交往故事最為有趣。

佛印是北宋金山寺的一位高僧，幼時三歲能誦《論語》，五歲背詩三千首，被稱為神童，長大後入寺為僧，更是名聞天下。後來蘇東坡被貶謫瓜州，聽聞佛印的大名，上門拜訪，兩人一見如故，進而便成為了至交好友。又有傳說認為佛印本是和蘇東坡一樣的文人，皇帝到寺中遊覽，佛印很好奇，想要看看皇帝長什麼樣子，蘇東坡便出了個主意，讓他剃髮裝扮成僧人，這樣便能親見皇帝了。誰知皇帝在寺中見到佛印身長玉立、容顏清秀，

在眾僧人中卓爾不群，特意叫他出來問話。交談之下，更見佛印談吐出眾，大為歡喜，便御賜他度牒。至此，為了避免欺君的罪名，佛印只能被迫出家，當個真正的僧人。不論史實為何，但佛印高僧的身分這一點是確定無疑的。

宋代文人都喜佛，閒時喜歡以佛偈相互切磋，更是凸顯自身才學機智的一種方式。蘇東坡反應機敏，又一心向佛，因此最善於論辯，但到了高僧佛印面前，有時卻難免折戟沉沙了。有一次，蘇東坡研讀佛教典籍頗有所得，興之所至，寫下一首詩偈，偈中寫道：「稽首天中天，毫光照大千，八風吹不動，端坐紫金蓮。」自己頗為得意，便叫家人將詩送往金山寺的佛印品評。佛印看完詩，立刻寫了「放屁」兩個字讓來人帶回去，蘇東坡一見，大為惱怒，立刻乘舟過江，要找佛印一辯高下。

蘇東坡到了金山寺，卻見佛印正微笑端坐著等待他，見此情景，蘇東坡忽然洞明了一切，哈哈大笑，怎麼自己號稱八風吹不動，卻輕易被人撩起了怒火呢？隨即，蘇東坡寫下了「八風吹不動，一屁打過江」兩句詩，做為對自己的嘲弄。

還有一次，蘇東坡與佛印一同參禪，兩人相對閉目而坐，良久睜開眼來。佛印問蘇東坡：「你看見了什麼？」蘇東坡想故意取笑佛印，便說：「我看見我面前的是一堆屎。」然後他又問佛印：「你看見了什麼？」佛印說：「我看見我面前有一尊佛。」蘇東坡以為佛印在誇讚他，大為得意。回家後，蘇東坡將此事告訴了自己的小妹，誰知道小妹笑著說：「這次參禪是你輸了。」蘇東坡非常不解，連忙問是為什麼，蘇小妹說：「參禪之時講究明心見性，你心中有什麼，就能見到什麼。你看到的是屎，說明你心中有屎；而他看到的是佛，說明他心中有佛。」蘇東坡這才恍然大悟。

智慧人生

你信什麼，你的生命中便會有什麼，當你把自身的一切和天地萬物都剝離的時候，是這個生命最為蒼涼的時刻。而信仰就如同無邊黑暗中的一點燭光，告訴你不要迷失在五慾六塵中，活在當下，認真生活。

不死之藥——千古騙局

如果說人類有什麼願望是亙古不變的，那就是追求長生不老，特別是那些帝王將相對其更是趨之若鶩。

關於長生不老藥的最早記載是在《山海經》中出現的，書中記載崑崙山中有一棵樹，只要你割下樹皮就能看到樹裡面流淌著鮮血，這棵樹三千年才開一次花，花色豔麗；又過三千年才能結出一種黃橙色的果實，再由崑崙山的掌管者——那位平時以青鳥為信，可以化身為豹子的西王母用自己的秘法加以煉製三千年，最後所成的丹藥就是能讓人不老不死的神藥，因此也稱為不死藥。

關於不死藥的傳說有很多，當年后羿被貶下凡間，為了保證自己的妻子長生不死，跋山涉水尋得的藥便是不老藥，只可惜最後嫦娥貪心，還想回到天庭過神仙的生活，所以自己把藥獨吞了。秦始皇為了追求長生，讓徐福帶領五百童男童女出外尋求不死藥，最後他變成一堆黃土的時候也沒有見到徐福找藥回來，不過有人說徐福找藥是假，因為不堪始皇暴政，實際是外出移民，移民的地點是扶桑，也就是今天的日本。從古至今，一代代帝王想不死藥都想瘋了，也許大家心裡都清楚那是個大騙局，可是別人挖個坑的時候，還有無數的瘋子往裡面跳。

有一年，楚王生了大病，很有可能從此無法行走。正在群醫束手無策之際，一個外地醫生前來獻藥，最終治好了楚王的病。楚王對這個治病的大夫給予了很高的封賞，對他也越來越信任。一次，大夫在給楚王進行例行的身體檢查後，兩人聊了起來，楚王問大夫：「你說這世上真的有長生不死之藥嗎？」

大夫看了看楚王，似乎欲言又止的樣子沒有說話。楚王覺得有點驚奇，接著問道：「難道真的有如此神藥？」

大夫跪地道：「大王對我恩重如山，我也不想隱瞞您了，不死之藥確實是有的，小人家中就有一顆祖傳的不死藥，據說是從崑崙山西王母處找到的。我願意將此藥進獻給大王，祝大王萬歲萬歲萬萬歲。」

楚王驚喜不已，大笑道：「若你真肯將此藥給我，我便賜你國師之位，分享寡人半壁江山。」大夫道：「封賞是不必的，只是這藥的服用有幾個方面需要特別注意。」他如此這般地和楚王講了一遍，楚王頻頻點頭。

等到了第二天，大夫拿著一個古樸的匣子進獻給楚王，一旁的侍衛長一直是跟在楚王身邊，那天兩人的談話也被他聽到了，他接過了匣子，打開就將那顆傳說中的不死藥吞了下去。楚王眼見到嘴的鴨子成了別人的，大怒之下，立刻讓人把侍衛長拉下去處死。

侍衛長道：「殺死我很容易的，我的父親曾經當過先帝的侍衛長，先帝當年對長生不死之藥的渴求比您還厲害，曾經吃了無數的丹藥，可是現在他已經躺在宗族的墳墓裡，而您成為了楚王。如果這真的是長生不死之藥的話，我已經把它吃下了肚子，要是我被陛下殺死了，那就證明這根本不是長生不死之藥，而是大夫給您設下的圈套。您如果殺了我，天下人就會說，其實陛下是很容易被人欺騙的，而且殺的是無罪的好人。」聽了這番話，楚王無奈之下只好將侍衛長放了。他本來想讓大夫再想想辦法，不料那個大夫早就逃的不見蹤影。

後來，經過一番調查才知道，原來這個人是個大騙子，同樣的計策在齊國也使用過，騙到了齊國富豪的一半家產後膽子更大了，現在騙到了君主的頭上。於是，楚王下令全國通緝這個騙子並給了侍衛長很高的獎賞。

智慧人生

人在自然界中生存和發展，總是會受到自然規律的制約。但歷史上總有些人妄圖長生不老，到處尋求不死之藥。這則寓言故事告訴我們，不死之藥是沒有的，人做為自然界的一部分，必然會有生老病死。與其刻意去追求不老，不如接收歲月洗禮，順其自然，活出精彩。

第七章

那些精妙的行為與思維

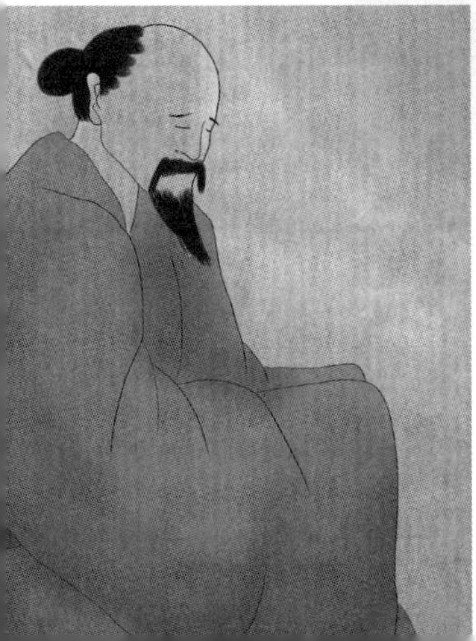

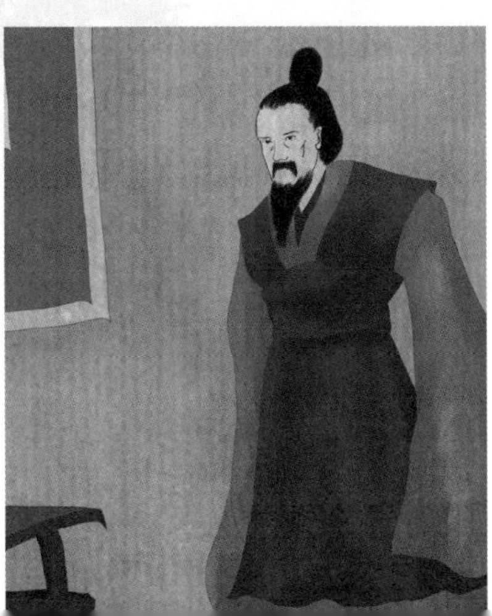

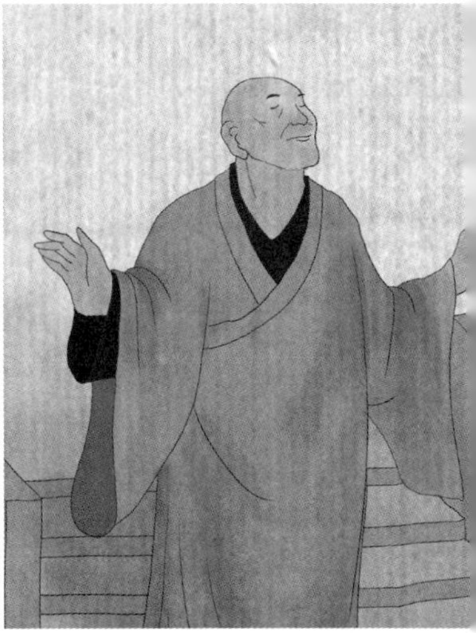

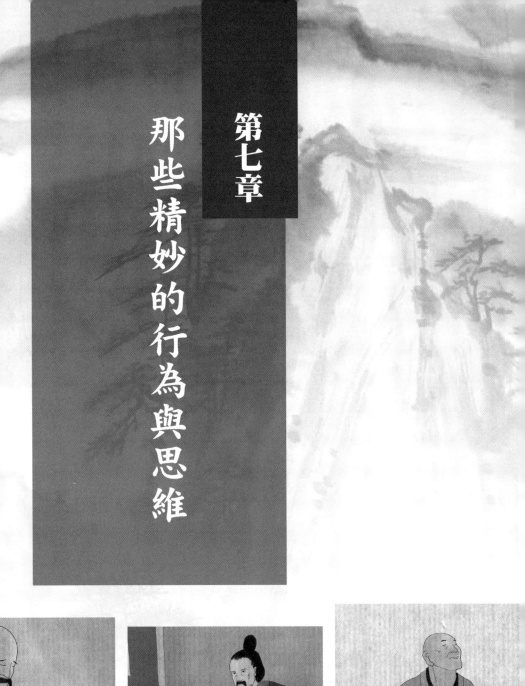

千金買馬——拋磚引玉

燕國第二十九任國君燕昭王剛剛即位，他面對的將是一個爛攤子。本來燕國也是個大的諸侯國，可是傳到燕昭王的父親——燕王噲手裡，這位糊塗的國君，不喜歡自己管理政事，而是把國事都推給了相國子之。子之是個很有本事同時也是很有野心的人，他將燕國打理的井井有條，卻暗地裡慫恿燕王學習禪讓的古老做法將皇位傳給自己。燕王被子之矇騙，將王位傳給了他，這樣一來就侵犯到燕國太子平的利益。

在子之即位的第三年，以太子平為首的貴族與將軍聯合，包圍了王宮，燕國由此大亂。而齊國藉機以平定燕國內亂的名義，攻打燕國，五十天內就攻下燕國，燕王噲被殺，子之逃亡，

被齊人抓住。三年之後，在趙、魏、韓、楚、秦等國的壓力下，齊國撤軍。趙國派兵護送在韓國的燕國公子職歸燕，這便是現在焦頭爛額的燕昭王。

燕國凋敝，目前最缺的就是人才，於是出重金招攬人才。由於燕國經歷了一場大亂，很多有識之士都不願意前來，燕昭王始終得不到治國安邦的英才。他整天長吁短嘆，吃不好、睡不香。有個屬下實在不忍心國君為此煩憂，便建議道：「據說老臣郭隗見識不凡，可為國君出謀劃策。」

燕昭王聽後，親自登門備重禮拜訪郭隗。他說道：「齊國趁我們國家內亂侵略我們，這個恥辱我是忘不了的。但是現在燕國國力弱小，還不能報這個仇。要是有個賢人來幫助我報仇雪恥，我寧願伺候他。不知您能不能推薦這樣的人才呢？」

郭隗想了想道：「要現在就找到這樣的人才是沒有的，但是我有能夠找到人才的辦法。」

燕昭王道：「那請您告訴我吧！」

郭隗道：「從前，有位國君，金銀財寶數不勝數，但是馬廄裡沒有一匹好馬，於是他懸賞千兩黃金購買一匹千里馬，可是等了三年都沒有買到。後來，有消息傳來，國境邊上出現了一匹千里馬，國君得知後立刻派使者前去買馬，但是使者最後只帶回了一匹死了的千里馬。原來，這匹馬在使者趕到之前就死掉了，可是即便如此，使者還是花了五百兩黃金將馬買回來了。國君十分生氣：『我要的是活馬，你花了大筆錢給我買匹死馬有什麼用？』使者回答：『消息會很快傳出去的，陛下既然捨得花五百兩黃金買死馬，更何況活馬的價格呢？我們這一舉動必然會引來天下人為您提供真正的良駒。』果不其然，沒有過多久，天下有名的馬商都爭相將自己手下最優秀的千里馬帶來以供這位君主挑選。」燕昭王聽了，若有所思道：「您的意思是讓我學習這位君主嗎？」郭隗道：「正是這個意思，您要是想招攬人才，首先要從招攬我郭隗開始。如果像我這樣的人都能被國君採用，給予很好的待遇的話，那麼天下有才之人必會聞風而動，前來投奔燕國的。」

燕昭王聽了覺得這話很有道理，當場拜郭槐為師，還為他蓋了一座金碧輝煌的宮殿。並特別選擇了一個吉祥的日子，舉行隆重的儀式，恭恭敬敬地把郭隗請到新宮殿裡去住。燕王每天都像學生般請教老師那樣前去探望。另外昭王還在沂水之濱，修築了一座高臺，用以招徠天下賢士。臺上放置了幾千兩黃金，做為贈送給賢士的進見禮。這座高臺便是著名的「黃金台。」

果不其然，消息傳開，天下名士蜂擁而至，投奔而來的有魏國的軍事家樂毅，有齊國的陰陽家鄒衍，還有趙國的遊說家劇辛等等。燕國一下子變成了天下人才聚集之地，很快便發展起來，逐漸恢復到以前的富強水準。燕昭王最終興兵討伐齊國，將齊國打得只剩下兩個小城，報了之前燕國內亂的仇。

智慧人生

用五百金買一匹死去千里馬的骨頭，需要勇氣，更需要智慧。故事沒有告訴我們使者的姓名，但他肯定是國王親信和寵臣，他知道，買一匹死去千里馬的馬骨達到的宣傳效果和廣告效應是無法比擬的。死馬尚且值五百金，何況活馬乎？郭隗不愧是一個怪才，他用這個故事說服燕昭王像古人五百金買死馬骨一樣，不妨把我當馬骨來試一試。用好身邊的郭隗，善待身邊的郭隗，說明燕王是真正重視人才、愛惜人才的，這比什麼樣的招募廣告都有示範效應。果然，善待郭隗，招攬樂毅，使燕國一天天強大起來。

朝三暮四——本質同一

在戰國時，有一位姓侯屬相是猴的老人，周圍的人都叫他侯爺爺。不知道這位侯爺爺是不是跟猴子太有緣了，有一次撿到了一隻右腿受傷的小猴子。於是侯爺爺將這隻小猴子抱回了家，給牠包紮傷口，餵牠吃飯，直到牠傷好了，才把牠放回了山林。誰知道幾天後，小猴子又跑回了侯爺爺家，而且這次還帶來了牠的好幾個小夥伴。侯爺爺十分開心，便開始餵養牠們，時間過的很快，猴子介紹猴子過來，就這樣侯爺爺家的院子裡的猴子逐漸多了起來，大家相親相愛，彼此其樂融融。

猴子們的食物都是侯爺爺一個人提供的，每隻猴子的食量大概是每天八顆榛子，上午四顆，下午四顆。剛開始的時候，老人只需要把自己的食物的一部分分給猴子就足夠了；後來，

變成了要把每年的一小部分口糧換成猴子們的食物才夠；再到後來，猴子們的口糧佔了每年花銷的一大半，老人還在苦苦支撐著；但到了今年，出現了一個非常嚴重的問題，因為大雪的原因，榛子的供應開始變得非常吃緊，價格比原來高了不只一倍，而且去年懷孕的母猴特別多，所以小猴子的數量急劇增加，讓本來就不寬裕的老人更加為難了。他仔細算了算，現在的錢都拿去換榛子也滿足不了猴群的需求。

解決問題的方法，基本只有兩種，一是開源，而是節流。老人本來就是孤身一人，守著幾畝薄田安度晚年，不可能再去找什麼生財之路，開源這部分算是徹底被否定了。老人算了算，假如自己每天給猴子的口糧是七顆榛子而不是八顆的話，那憑自己的收成和積蓄應該能過得了今年，只希望明年可以改變一下這種局面。

老人走到後院去和猴子們商量：「大家都聽好了，今年的榛子價格比去年貴了，而且你們的數量又增加了，目前的情況是我這邊的糧食儲備不是很夠，需要大家一起度過這一關。所以我想和你們商量商量，從今天開始，我每天早上給你們三顆榛子，晚上還是照常給你們四顆榛子，不知道你們同不同意呢？」

猴子們聽了，覺得自己早上的食物少了一顆榛子，便一個個齜牙咧嘴大叫起來，還到處跑來跳去的，表現出極其不情願的情緒。老人看到這個情形，覺得更加為難，突然靈機一動，立刻改口道：「你們要是不樂意的話，那麼我就早上給你們四顆，晚上再給你們三顆，這樣早上的口糧就一樣了。」猴子們一聽，早上的榛子又由三顆變成四顆，和以前一樣一個沒多一個沒少，於是都點點頭，高興地在地上翻滾起來。

老人笑的十分開心，猴子畢竟是猴子啊！就是沒有人聰明！

智慧人生

其實一直認為朝三暮四的含意是給人和朝秦暮楚搞混了，因為故事說的顯然不是我們現在理解的那個意思，因為3+4和4+3結果都是一樣，但如果環境和背景發生了變化，其效果就會截然不同。很多時候，過程和方法決定了成敗。只是那些追求名和實的理論家，總是試圖區分事物的不同性質，而不知道事物本身就有同一性。最後不免像猴子一樣，被朝三暮四和朝四暮三所矇蔽。

南橘北枳——因地而異

在前面我們已經介紹過了晏嬰是什麼樣的人。做為一個外交家，最能展現他外交天賦與善辯口才的自然是兩次出使楚國的事情。這造就了晏嬰的盛名，也為很多使者樹立了一個極好的榜樣。

晏嬰第一次出使楚國的時候，楚王就有點不懷好意，當他看到晏嬰的身材矮小時，哈哈大笑道：「齊國難道沒有人可派了嗎？竟要派你這樣五短身材的人來做使臣。」晏嬰整整衣襟，嚴肅地回答道：「齊國的都城臨淄有七千五百戶人家，人們一起張開袖子，天就陰暗下來；一起揮灑汗水，就會匯成大雨；街上行人肩膀靠著肩膀，腳尖碰腳後跟，怎麼能說沒有人呢？」楚王假裝疑惑不解道：「既然是這樣，那幹嘛讓一個矮子來呢？」晏嬰回答道：「按照我們齊國派遣使臣的規矩，出使的人選是要根據出使對象的不同而定，賢能的

人被派遣出使到賢能的國王那裡去，不賢能的人被派遣出使到不賢能的國王那裡去。我晏嬰自認是齊國最沒有才能的一個，當然要來楚國了。」一番話說的楚王只能暗自咬牙切齒。

當然咬牙切齒歸咬牙切齒，但這次出使的任務還是圓滿完成了。因為後續還有進一步合作，因此還是需要使臣再去一趟，楚王這回點名要讓晏嬰前去。晏嬰整裝又準備出發了。在楚國，楚王聽到大臣稟報晏嬰即日就到，便對旁邊的人說：「上次吃了晏嬰的虧，這次怎麼也要報復一下，大家快點出出點子，看看能不能讓他出個醜，殺殺他的威風。」

有一個大臣回話道：「這個很簡單，等他來到的時候，請讓我捆上一個人從您面前經過，您一定要裝成毫不知情的樣子問這個人是幹什麼的，我回答說他是齊國人，您再驚奇地問此人犯了什麼罪，我到時候就回答您犯了偷竊罪，這時候我們大家一陣哄笑即可，剩下的問話讓陛下自己發揮吧！」

晏嬰到了楚國，總覺得這次楚王和善的有些不對，心裡告訴自己要小心提防。某天，楚王宴請晏嬰，大家喝得正暢快的時候，就見兩個士兵押著一個犯人從他們身邊經過。

楚王問：「這個人是什麼人？

士兵答：「這是個齊人。」

晏嬰心中暗暗冷笑一聲，果然狗改不了吃屎，又來這一套。

楚王問：「犯了什麼罪？」

士兵答：「犯了偷竊罪。」

還沒等楚王刁難晏嬰，晏嬰就已經忍不住想要翻白眼了，心想：這也做得太明顯了！

楚王笑呵呵地問晏嬰：「你們齊國人是不是都喜歡偷東西啊？」

晏嬰畢恭畢敬地回答：「大王，我聽說淮河之南有一種橘子味道甜美，可是一旦將其移種到淮河以北，橘子就變得苦澀難嚥。之所以會有這兩種截然相反的情況，實在是土地的緣故。這個齊人在我國乃是一介良民，可是為什麼來到楚國，卻變成了盜賊呢？這是楚國使他發生了這種變化，齊人之於楚國正如橘子之於淮北，這與齊國又有什麼關係呢？」

楚王哈哈大笑，表現出了一國之君該有的風度：「我原本想藉幾個小伎倆來刁難你，沒想到反被你奚落。這是寡人的過錯，請見諒！」

智慧人生

南橘北枳，出自《晏子春秋．內篇雜下》，意思是淮南的橘樹，移植到淮河以北就變為枳樹。比喻環境變了，事物的性質也變了。

來生當爹——自取其辱

從前，齊國某個地方有一個黑心腸的大地主，他家有良田千畝，山上的林子也全都歸他家所有。照理說這樣的日子已經是很幸福了，但是這個地主卻覺得自己有錢，什麼都能擺平，要是誰向他借錢，他一定會想辦法抬高利息，最後不是逼得人家傾家蕩產，就是要對方賣身給自己當僕人。

突然有一天，他覺得總是這麼賺錢，每天只看著數字上升，好像也沒什麼意思了，該換個新鮮的花樣玩玩。他想了半天，一拍手，對了，自己還沒看過一個人在他面前卑躬屈膝，喪失尊嚴，低聲下氣到底是什麼樣子。於是，他決定找幾個人來試試看，滿足一下自己的好奇心。可是找誰呢？自然是欠他錢最多的那個，他看了看帳本，喊來幾個平日裡和他一起胡作非為的下人們，告訴他們道：「去，快點幫我把張三、李四、王老五給我叫來，告訴他們，該還錢了！」這幾個下人這幾天見自家老爺悶悶不樂的，都生怕挨罵不敢靠近，今天一看老爺興致好像很好，立刻腳底抹油一般去逮人了。

過了一會兒，就有下人告訴地主，人已經抓來了，正在客廳候著呢。地主洋洋得意地走進客廳，一眼就看見三個人低著頭站在那裡，他們看著地面，也不說話，十分驚慌的樣子。地主頓時覺得十分得意，便走上前去。這三個人都非常清楚地主的為人，可是現在明明還款期還沒到，怎麼提前就抓人呢？這個時候見到平時滿肚子壞水的地主一反常態，滿面春風而來，心中都不由得更加惴惴不安，不知道這一回他的葫蘆裡又要賣什麼藥。

地主裝腔作勢道：「這次請你們幾位來，是因為我看了帳本，發現你們三位現在家裡肯定是三餐不濟，所以今年的帳肯定是還不了，我呢？也是很有善心的人，我體恤大家無錢可還，要不然這樣吧！你們每個人都對我發一個誓，說說如果有來生，你們打算怎麼還我這一世的債，說的好，我就把之前的債一筆勾消怎麼樣？這可是個好機會，大家自己想想，可別錯過了！」

大家安靜了一下，先是欠債最少又膽小怕事的張三顫顫巍巍開了口：「如果有來生，我願變成一匹好馬，供您騎坐，來還我這一世欠你的債。」地主笑瞇瞇地說：「很好很好，那你現在就不是人了，而是一匹能供我騎的馬了。」說著便把張三的借據燒了。張三聽到地主的羞辱臉色變得蒼白，但是借據燒掉了他又鬆了一口氣，慢慢站到一邊去了。

接下來是李四，李四想了想，張三既然都做馬了，那我就做牛吧！於是說：「來生我願變牛，幫您耕田犁地，替您出力，來還我欠的錢。」地主又笑瞇瞇地說：「很不錯，那你現在就是我耕田的牛了。」說著便把李四的借條也給燒了，受了這樣的侮辱，李四和張三一起到牆角邊鬱悶去了。

只剩下一個王老五，雖然他是這三個人中最窮，欠債也最多的人，但是卻最有志氣又特別聰明，聽完了前兩個人說的，他的肺簡直都快氣炸了，怎麼可以這樣給有錢人當牛做馬，像牲口般地被使喚呢？總要想個什麼辦法好好治治這該死的混蛋，為窮人出口氣。

他想了想道：「如果有來生，就讓我變成你爹吧！」地主聞言大怒：「王老五你好大的膽子，欠了我這麼多錢不說，還想當我爹，佔我的便宜，來人啊！給我狠狠地打！」僕人剛剛動手，就聽到王老五說：「等一下，其實我的話還是很有道理的，您想想，我欠您的錢太多，不是當牛做馬就可以還清的。所以我情願來生變成您的爹爹，勞苦一生，積攢偌大的房產，自己不捨得享受，全都留給你受用，這樣才能還清我欠你的債啊！」聽了這話，地主傻眼了，半天說不出話來。

智慧人生

地主想以錢為要脅羞辱別人，最後的結果是自己被羞辱，這叫自取其辱。生活中一旦遇上這樣的人，如果條件允許的話，就應該像王老五那樣不畏強暴，巧妙抗爭，維護自己的尊嚴。

梁王嗜果——慾壑難填

身為一國君主，要求和挑剔程度自然是會比別人多。比如說梁王，他和其他的君主不太一樣，他喜歡吃水果，因此不斷派人到各地尋求不同的水果源源不斷地送至梁國都城。漸漸地，北方的水果已經都被梁王嚐遍了，再過一段時間，他覺得一點新鮮感都沒了，每天都是這些水果，覺得很厭倦。於是有人提議說，南方為魚米之鄉，水果應該很多，不如派人到那邊找找，也許會有新發現。梁王覺得很有道理，自己嚐遍北方水果，還不知道南方有什麼好吃的鮮果，於是派人前去南方諸國查看。

使者去南方諸國第一站就是吳國。在一個街頭的小攤子上，使者發現了一種水果，圓形，外皮有點粗糙，但是呈色澤閃亮的橘色或深黃色，底部是深綠色的小圓圈。從側面看，有長柄的那一端是凹進去的，皮薄，透過皮還能聞見陣陣清香。使者們誰都沒看到過這個水果，於是買下一個嚐嚐，只見內裡果肉呈粒狀，被薄皮包裹，皮薄肉多，汁水酸甜可口。使者很高興，決定就拿這種水果回去交差，臨走前問這水果叫什麼名字，吳人回答道：「這是橘子。」使者帶回去的橘子果然受到了梁王的喜愛，於是一筐又一筐的橘子開始從吳國運往梁國。

過了一段時間，梁王吃膩了橘子，於是再派使者去吳國尋找其他水果。這次使者在城中的攤子上發現了另外一種水果長得和橘子很像，但是又不太像。它的顏色偏淺，個頭都比橘子大，拿起一個聞聞比橘子的香氣還好聞，切開一個看看，發現皮比橘子厚，而且很不好剝，用嘴嚐嚐，發現果肉粒比橘子細膩，而且味道更甜。使者很開心地離開了，臨走時得知這種水果的名字叫蜜柑。他把蜜柑帶回去後，梁王吃了，果然發現味道比橘子還好，於是一筐又一筐的蜜柑又開始從吳國運往梁國。

在梁王吃膩了蜜柑之後，使者踏上了第三次前往吳國的旅程。可是這次他發現吳國人好像不太歡迎他來了，問了還有什麼水果居然只說蜜柑就是最好的了。使者將這番話寫成信讓人快馬加鞭送給梁王，梁王顯然是不信，他命令使者暗地裡查訪。終於有一天，他在某戶人家門外聞到了一陣比蜜柑還甜美的香氣，敲開房主的門，就看到院內一種黃澄澄的果子壓彎了枝頭，於是便向這戶人家要了一個。主人笑著拒絕了道：「這東西叫香櫞，比橘子和蜜柑都大，聞起來味道也比較香甜，但確實是不好吃，是用來做觀賞或者藥用的。」使者沒要到香櫞，當然不相信這家主人講的話，立刻回報給了梁王。梁王正式派出使臣去吳國求取香櫞，吳王再三解釋香櫞特點，使臣卻非要香櫞不可，吳王只得給他一筐。看著使者遠去的背影，吳王露出了奸詐的微笑……

使臣帶著香櫞趕回梁國，拿到宮中的時候，大殿上香氣四溢。梁王一見香櫞，立刻眉開眼笑，他先用香櫞祭祀了先王，然後才品嚐，一瓣還沒吃完，就酸得舌頭伸不直，牙齒也不能咀嚼，唏噓鼻子，緊皺眉頭，連聲責備使者。

使者去責問吳國人，吳國人說：「我國水果中最好的，就是橘子和蜜柑。為滿足梁王的要求，這些都已送去，此外沒有更好的了。但是梁王的要求沒有個完，你也不問清情況，只是看到枸櫞又大又香，就要了去，那自然難以滿足梁王的要求了。樹木生長於土地，有什麼樣的土地，就有什麼樣的樹木，於是，各種水果就在各地生長出來。產水果的地方，不只是吳國，梁王不廣泛地尋找，而只是向吳國尋找，這樣的話，我恐怕香櫞一類的水果會天天送到梁王那裡，卻沒有合乎他的口味的。」

與此同時，吳王終於鬆了一口氣。自從梁王喜歡上了吳國的水果，水果就遭了殃。因為梁王的收購價格要比本國高很多，所以梁王的使者來一回，全國的果農就會拋棄掉原來種的水果，只種梁王要的那一種，弄得吳王也只能吃這一種水果。因此，吳王故意在使者第三次到來的時候，下令大家除了蜜柑外，只准種植香櫞，但香櫞不得餽贈或者買賣給他人，為的就是引梁王中這個圈套，現在梁王終於不再來煩他了。

智慧人生

梁王喜歡吃水果，吃了味美的，還想吃味更美的，如不稱意可口，就責備水果產地的吳國人，真是慾壑難填。這個故事還有另外一層意思，是從吳國人口中道出：「各種水果都是各地生長出來的，梁國有自己的土地，自可栽種，何須向別國尋找，依賴於人。」自己不種植，吃酸果是難免的。

膳吏辯誣——思辨求生

晉文公在位的時候，如果你在路上隨便找一個晉國民眾，問他本國國君最愛吃什麼，對方一定會毫不猶豫地回答：「烤肉。」是的，晉文公愛吃烤肉之名全國傳遍，他每天中午都要吃一盤烤肉，要不然無心政事也無心玩樂。為此，晉國的皇宮裡也許沒有天下最好的良駒，沒有天下最利的刀劍，但天下間技術最高明的烤肉師父一定在晉國的皇宮中。

某日中午，到了吃午飯的時候了。一個侍從在御膳間端了一盤烤肉，恭恭敬敬送到晉文公面前請他用餐。烤肉發出了一陣陣撲鼻的香氣，在場的人都情不自禁地吞了吞口水。晉文公點點頭，拿起餐刀正準備享用午餐，忽然發現肉上黏著幾根不長不短的頭髮，看起來和烤肉師父的頭髮長度差不多。晉文公十分生氣，立即放下手中的餐刀，命膳吏前來問話。

一般來說，如果你做得好的話，等君主吃完便會讓傳召的人直接帶著賞賜去廚房，你再去謝恩就可以了。可是今天傳召使兩手空空而且表情嚴肅，彷彿發生了什麼大事。膳吏在這一路上惴惴不安，不停地揣摩這次晉王召見的原因。究竟是剛送去的烤肉火候不夠，還是燒烤時用料不當，口味欠佳呢？不過任他想破腦袋也沒想明白。他來到了晉文公的面前，晉文公責備道：「你是太過粗心還是意圖謀害寡人呢？為何在烤肉上出現了這麼多的頭髮？」

膳吏一聽，立刻明白了這場禍事可能是有人想要陷害他。他不禁想到幾天前發生的事情，大臣中有一個名叫奧，他的兒子也很喜歡吃烤肉。那天他做好國君的烤肉剛想讓人端走時，奧出現了說是想為自己的兒子要一部分帶回去。身為御廚，如果君王發現自己的午餐少了一定會大發雷霆的，所以膳吏拒絕這個要求……難道是這傢伙起的壞心嗎？可是自己雖然知道這裡面有鬼，但在沒有確鑿的證據之前，也不能說就是這個人幹的。如果說出了，最後查到是子虛烏有的事情，那麼他的辯解就是在欺君，是會被殺頭的。

想著想著，膳吏突然腦中彷彿有亮光一閃，連忙跪拜叩頭，用誠懇的聲音認錯說道：「請君王息怒，奴才真的是罪該萬死。烤肉上纏著頭髮以致於影響了您的食慾，我有三條罪過。我的第一大罪過就是我用最好的磨刀石把刀磨得比利劍還快，它能切鐵如泥，斬金如豆腐，可是就是切不斷幾根小小的毛髮；我在用竹籤去穿肉塊的時候，每一塊肉都是要放在手中操作的，這樣近的距離下我竟然沒有發現肉上有毛髮，這是我的第二大罪過；我的第三條罪過就是我守著炭火通紅、烈焰炙人的爐子把肉烤得油光可鑑、香味撲鼻，然而就是烤不焦、燒不掉肉上的毛髮。您是一位明察秋毫的賢明君主，現在就請大王治我的罪吧！」

晉文公聽了以後也覺得這件事情非常奇怪，疑點甚多，於是問道：「那依你來看是怎麼樣呢？」膳吏道：「每個人都可能在無意間得罪過別人，這些雖然自己不記得了，但是恨你的人會牢牢記得的。」於是，他就把那天的事情說了一遍。又道：「奴才在宮中一向安分守己，除了這件事情，實在是想不出還有其他地方得罪過人。」晉文公點點頭，暗地裡讓人查訪了一下，果真找到了就是奧因為被拒絕，惱羞成怒想置膳吏於死地的證據。

最後，晉文公下令殺了奧，還了膳吏一個清白。

智慧人生

人生常常隱藏著你想不到的險惡，我們不屑與小人為伍，但總要讓自己有規避風險或者在危險逼近時自救的方法。這則寓言告訴人們，客觀世界裡充滿了矛盾。我們只有掌握了科學的思維方法，才能在錯綜複雜的矛盾面前立於不敗之地。

建築專長──術業專攻

從前，有一位很有名氣的建築師，他負責修建了很多建築，這些後來都成為了大家愛去的地點。因此，遠近的人一聽到這個人的名字都會說，這是我們最好的建築師。

有很多人都想成為這位大師的弟子，可是他誰也不收。一天，有個人問他為什麼不收弟子，難道是怕教會徒弟餓死師父嗎？他答道：「當然不是，現在的人太浮躁，都是為了外在的誘惑來拜我為師的。」這個人又問：「先生您在這方面究竟有些什麼特長呢？」建築師頗為自豪地回答道：「不同的屋子需要不同的木材，而我剛好知道所有木材的具體特點，這樣才能選擇到恰當的木料。接下來我要對整棟房子做一個整體的規劃，對每一點細節都不能放過，它們都在我的腦子裝著。然後是懂得分配，什麼樣的地方應該分派什麼人去做才會有更好的效果。只有在我的指揮下，工匠們才能有條不紊地工作，如果沒有我，房子就建不成了。官府請我去，付給我的工錢是一般工匠的三倍；在私人那裡，工錢的一大半也歸我。」

這個人聽了覺得這是項很神奇的工作，就經常跑到這個建築師家裡來拜訪，順便學些建築學的小知識。某天，這人再次去拜訪的時候，看到建築師家中床的左邊兩隻腳全斷了，建築師就找了個僕人來說：「你現在出門叫個工匠回來修理一下。」這個人聽到了覺得很吃驚：「您不是著名的建築師嗎？天天和木材打交道的人怎麼連一個床腿都修不好呢？」建築師回答：「這個是工匠要做的事情，我的工作和這個不是同個性質的呀！」這個人當面不再好說什麼了，可是晚上回到家中仔細想了想，覺得這個建築師大概是名不副實，決定以後再也不去拜訪了。

過了兩個月，本城太守宣布官衙年久失修，打算重新將官衙修葺一番，請來的就是這位建築師。這個人雖然不再信任建築師了，但仍想去現場看一看，弄清楚到底是怎麼回事。到了工地上，他看到了地上擺著一堆一堆形狀大小各異的木頭，而且它們似乎還不是同個種類的，所有的工匠們都把這位建築師圍在中間。建築師根據房子的需要，在木料上敲打了幾下，就知道了木材的承受力，然後用手杖示意右邊說：「把這段砍下來。」那些拿斧頭的工匠都跑到右邊的木料旁砍起來；他又用手杖指著左邊命令：「把那段鋸下來！」那些拿鋸子的工匠都到左邊鋸開了。在他的指揮下，大家全都各司其職，按照吩咐工作起來，沒有一個人敢自作主張、不聽命令。

就這樣過了幾天，一些不稱職的人便慢慢顯露出來了，建築師就將其撤下，所以工作進度一直能夠維持。建築師將施工圖紙掛在辦公室的牆上，一尺見方大小的圖，詳盡地標出了房子的規格和要求，就連一分一毫的地方都算出來了，最後拿圖對照已經修建好的房子，竟然連一點出入都沒有。

直到這時，此人才真正看清建築師高深莫測的實力。

智慧人生

就像美食家不一定是好廚師，學習漢語的人不一定能認出所有的古漢字一樣，建築師的特長，不在於對建築工程中不起眼的細節進行雕琢，而在於對整體做宏觀的把握。一項龐大的事務要想做好都會有明確的分工，然後大家各司其職，如果一個人全都能面面俱到，顯然是不可能的。

齊王嫁女——道理相通

有一個名叫吐的年輕人，家裡世代以賣牛肉為生，到了他這一代時，已經是第四代了。吐是個頭腦很聰明的人，開始革新以前經營宰牛賣肉的方法，還順便幫大家聯繫需要活牛的生意，而且還開了一間牛肉舖子，裡面專門做和牛肉有關的菜。由於烹調可口，大家也都很願意光顧。吐以他的聰明機靈，經營有方，變成擁有了好幾家店舖的人，日子也是過得越來越好了。吐長得很帥，那些大戶人家並不因為他是宰牛的就嫌棄他，都想把自己的女兒嫁給他。

有一天，有個人進了吐的店鋪，並沒說要什麼，只是一個勁地打量他。吐覺得很奇怪，走上前去問道：「我可以幫您什麼嗎？」那人立刻用一種「你中了五百萬大獎」的語氣說道：「小夥子，你走好運了！我是齊王派來的特使，齊王讓我告訴你，他打算把一個女兒嫁給你做妻子，還特別為你準備了豐厚的嫁妝。這天大的好事我給你帶來了，你要怎麼感謝我呢？」

店鋪裡面的人傳出一片譁然之聲，老天，那可是公主啊！大家用各種羨慕又嫉妒的眼神看著吐，只見吐並沒有露出受寵若驚的表情，而是連連擺手說道：「我身體有疾病，不能娶妻的，為了不耽誤公主的前途，您還是向國君稟報另找他人吧！」那人像看怪物一樣看了吐幾眼，一句話不說便離開了。

後來，齊王又派人把這件事情告訴了吐的一個很要好的朋友，讓這位朋友幫忙再勸勸吐，讓他回心轉意。他的朋友聽後覺得很奇怪，這樣一個大好的機會怎麼就被吐放掉了呢？不僅如此，他還說自己身上有疾，不能娶妻，現在好多人家都不願意把自己的女兒嫁給他了。他跑去對吐說：「你怎麼能這麼傻呢？這是多好的一個機會啊！你看你每天忙忙碌碌地在腥臭的宰牛舖裡生活，難道你不嚮往榮華富貴的生活嗎？為什麼要拒絕齊王拿厚禮把女兒嫁給你呢？我真是越來越看不懂你了啊！」吐笑了笑說道：「沒其他別的原因，只是因為齊王的女兒實在太醜了。」

朋友簡直是丈二和尚摸不著頭緒，吐什麼時候見過公主的？他忍不住問道：「難道你們見過面嗎？要不然你怎麼知道她長得醜呢？」吐回答道：「雖然我沒見過她，但是從我賣肉的經驗來看，齊王想許配給我的這個公主，一定是個醜八怪。」朋友很不服氣地問：「你是從哪裡看出來的呢？」

吐十分有把握地說：「其實這個很容易明白，這就像我賣牛肉一樣，牛肉品質好的時候，只要給足數量，顧客拿著就走，我用不著加一點或者多給些其他的東西，顧客都會感到滿意。而我呢？唯恐這樣的肉少了不夠賣。如果是不小心進到了一批品質不好的牛肉，我雖然把分量加多，再送上其他的東西，很多人依舊不要，這樣的肉最後是怎麼賣也賣不出去的。你想想，齊王的女兒是何等的尊貴，現在竟然要委身下嫁一個賣牛肉的，還要再加上那麼多豐厚的嫁妝，我想，他的女兒應該是長得不能見人了吧！我雖然是個賣牛的，但也算是有錢人，將來還可以娶個容貌不錯的女子為妻，何苦為了那些榮華富貴去受罪呢？」

朋友聽完吐的回答，覺得他說的很有道理，就直接回覆說沒勸動吐。過了些日子，他終於找了個機會瞧見了公主的模樣，這個朋友差點沒嚇暈過去，這時候，他不由得暗暗佩服吐的先見之明。

智慧人生

有些事情雖然沒什麼直接的關聯，但道理是相通的。如果吐不是以自己親身感受去舉一反三地思考生活中的現象，說不定就會娶回一個自己不喜歡的醜妻了。

狡兔三窟——進退得宜

在春秋戰國時期，門客制度蔚然成風。所謂「門客」，就是一些國家的重臣喜歡結交一些有特殊才能的人，供給他們住處、飯食以及其他物品，讓他們用自己的頭腦或者本領為自己出謀劃策。事實上，確實有這樣的一群人需要這個機會，所以後來大家看這個臣子是否有名就要看他供養門客的程度。這對於提高自己的聲望，維持和鞏固自己的地位有一定的積極影響，因此當時頗為流行。當時，在四個諸侯國中收養門客最多的人被人們冠以「戰國四公子」的雅號，他們分別是齊國的孟嘗君、魏國的信陵君、楚國的春申君、趙國的平原君。

齊國的孟嘗君本名田文，他的父親田嬰就是我們之前介紹過的在孫臏指揮的馬陵戰役中擔任過副將的那位。因為馬陵戰役的功勞，齊王將今山東滕州東南的一塊名為「薛」的地方封賞

給他，田嬰死了以後，孟嘗君便繼承了父親的官位和封地。孟嘗君自己的才能雖然不足，但勝在會用人，他懂得供養大量門客的重要性，於是壓低了招攬門客的門檻，不論貴賤，只要有一技之長，都以誠相待。這樣時間長了，孟嘗君的美名漸漸傳開，別的國家一些豪傑之士，甚至一些逃跑的犯人也來投奔他，把他當作知己朋友，為他辦事。

一天，一個奇怪的人找上門來。孟嘗君看到此人衣衫襤褸，腳穿一雙草鞋，腰間的劍更是連劍鞘都沒有，便知道這個人是前來當門客的。他問道：「不知道您找我有何見教？」此人答道：「我叫馮諼，家裡遭了水災，實在窮得過不下去了，聽說您在招門客，所以想到您這裡來找口飯吃。」孟嘗君又問：「不知道您是會天文曆法，還是會拉弓射箭，或者是精通縱橫之術？」馮諼答道：「我什麼都不會。」孟嘗君心中有些不悅，但礙於面子還是說道：「好吧！那就請您住下來吧！」於是便安排他住了下等房。

過了幾天，孟嘗君想起馮諼便問道：「那個新來的門客最近在做什麼？」管事的人不屑地答道：「那個人整天抱著他那把破劍邊彈邊唱：劍啊！咱們回家吧！在這裡吃飯沒葷腥。」孟嘗君笑了笑說：「那就給他換個中等房間吧！」

再過了幾天，管事的又來回報，馮諼還在天天唱歌，現在的內容變成了出門無車馬，孟嘗君揮了揮手說：「給他備好車馬便是。」

又過了幾天，管事的怒氣沖沖來報：「馮諼的歌唱的沒完沒了，現在變成了『劍啊！咱們回去吧！沒錢不能養活家。』我不知道該拿他如何是好，請大人定奪。」說實話，這下孟嘗君心裡有些不高興了，但還是讓人送錢到馮諼的家裡，這樣馮諼終於不彈不唱了。

就這樣過了一年，孟嘗君名氣越來越大，成為了齊國的相國。這時候，他的門客已多達三千人了。如此多的人要養活僅靠他目前的收入是不夠的，所幸他還有封地的稅收和之前放貸出去的錢足夠維持。今年剛好到了收債的日子，他打算派人去自己的封地收債，只是這個工作不僅要求去的人會算帳，還要求有口才。再者，收不到債很容易被訓斥，是個費力不討好的差事，所以沒有人願意去。正在這時，馮諼自告奮勇要去收債。孟嘗君十分驚喜，擺了酒宴說道：「以前是我太忙，不知道先生還有此等本事，這次麻煩您走一趟了。」馮諼不以為然道：「沒問題，就是不知道債收好後您需要我為您帶點什麼回來嗎？」孟嘗君說：「我暫時也想不出要什麼，要不您看看我家缺什麼就買點什麼回來吧！」

馮諼到了薛城便開始收帳，那些比較寬裕的人跑來還了利錢，可是那些還不了債的早就躲的無影無蹤了。馮諼將手頭有的錢，買了酒肉，辦了幾十桌酒席，邀請所有的債戶來喝酒，並且通知說，不管還得起、還不起的都要來，還不起不要緊，來核對一下債券就行了。

聚會那天，欠債的人都來了，他們受到了熱情的招待。酒足飯飽後，馮諼一一核對了債券，問明了情況。凡是當時能給利錢的，就收下他們的錢；一時沒錢的，就約好歸還的期限；窮得實在還不起的，就乾脆把他們手中的債券收回，並當著大家的面，一把火把那些債券都給燒了。

隨後，馮諼站起來說：「孟嘗君借出去的錢原本就不是為利，而是想為大家謀個生路。可是他手下有一大幫門客要養活，所以叫我來收利錢。如今核對了債券，能付的都付清了，暫時沒錢的也約定了歸還的期限，請務必按期交付，實在付不起利錢的，孟嘗君說，連本帶息都奉送了，所以我把這些人的債券全燒了。這都是孟嘗君的恩典，你們可別忘了啊！」一番話說得眾人歡呼起來，都萬分感激孟嘗君的恩德。

孟嘗君看到馮諼兩手空空地回來，急忙問明情況，聽完後氣得險些吐血身亡，將馮諼好一頓責備。馮諼不慌不忙辯解道：「您臨走的時候曾經告訴我，要我看家裡少點什麼就帶回來，我看到您的家中金銀珠寶、玉器字畫什麼都不缺，只是缺少了對百姓的情義。因此我辦酒席將大家都找來，延長能付得起的期限，付不起的再過三年五載也還不上，跑掉的話您的債券就是一張廢紙了，而且對您的仁義名聲不利。我現在把這些沒用的債券燒了，使薛城百姓對您感恩戴德，到處頌揚您的美名，這不是天大的好事情嗎？」孟嘗君感到十分不悅，卻也挑不出馮諼的毛病，只好啞巴吃黃連，說道：「此事就算了吧！」從此，他再也沒重用過馮諼。

又過了一年，齊國國君覺得孟嘗君名氣太大，對自己是個威脅，就告訴孟嘗君：「我不敢用先王的臣子當我的臣子。」說完，廢除了孟嘗君的相位。聽到老闆倒臺了，孟嘗君的三千門客一下子跑了一大半，他自己也只好回到封地去。薛地的百姓聽說孟嘗君回來的消息，扶老攜幼走出數十里路夾道歡迎孟嘗君。孟嘗君嘆息著對馮諼說道：「先生為我買的仁義，我今日終於看到了！」

馮諼笑著說：「古語中說，狡猾機靈的兔子有三個洞，才能保障自己的安全；現在您只有薛這一個洞，還不能放鬆戒備。請讓我再去為您挖兩個洞吧！」孟嘗君應允了，給馮諼準備了五十輛車子和五百斤黃金。

馮諼先向西去魏國活動，他對魏惠王說：「孟嘗君這樣的人物讓齊王放逐，是對我們天大的好處啊！他這樣的人如果哪位諸侯招致麾下，必然能使國家富庶，軍事強大。」魏惠王覺得很有道理，就空出了相位派使者帶著黃金千斤和百輛車子，去聘請孟嘗君。馮諼先坐車回去，告誡孟嘗君說：「千斤黃金，很重的聘禮了；百輛車子，這算是顯貴的使臣了。但是你一定不要接受，齊王會很快得知這個消息的。」魏國的使臣往返了三次，孟嘗君都堅決推辭掉了。

齊王聽說這一消息，君臣上下十分驚恐，立刻派遣太傅攜帶千斤黃金，繪有文采的車子兩輛，佩帶的劍一把，以及一封書信，向孟嘗君道歉說：「是我自己太淺薄了，遭受了祖宗神靈降下的災禍，深信那些巴結迎逢的臣下，得罪了您。我不值得您來輔佐，希望您顧念齊國先王的宗廟，姑且回到國都來，治理全國的百姓吧！」馮諼告訴孟嘗君：「您現在可以向齊王請求賜予先王傳下來祭祀祖先使用的禮器，在薛地建立宗廟。」宗廟建成，馮諼回報孟嘗君：「兔子的三個洞現在都已經營造好，您可以高枕無憂了。」

那些走掉的門客聽說孟嘗君重新當上了相國，又來投奔他。孟嘗君很惱火，對馮諼說：「我失勢的時候，他們全都溜了。如果不是先生竭力奔走，我根本不可能重歸相位。他們還有什麼臉再來見我呢？」

馮諼說：「公子這樣做不恰當。您現在做相國正需要別人扶持，把人都趕走的話就沒人給您辦事了。不如還像當初一樣熱情地招待他們吧！」孟嘗君點頭稱是，從此之後，孟嘗君穩當當做了相國，再也沒有遭到絲毫的禍患。

智慧人生

狡兔三窟的概念被提出來後，一直做為謀士們安身立命的最大準則。如今，它不僅指謀生處世也被引入做事做人等眾多領域。經濟學上也曾說過「不要把雞蛋放進同一個籃子中」，多留心眼、多留餘地、多留退路，做人如此，做事亦然。

龍王青蛙——各有其道

龍王，中國古代神話的四靈之一，在神話傳說中祂們可大可小，可飛升九天，可潛至海底，來無影去無蹤，水中一切生靈都是祂的臣子。不僅如此，龍王還能呼風喚雨，祂在空中打個噴嚏，就會下一場大雨，可以說祂的一舉一動都和民間百姓息息相關。因此，百姓們給龍王修建廟宇，逢年過節供奉香火，頂禮膜拜。

每年，龍王都會外出巡視自己的領地，看看周圍水域有沒有出現什麼入侵者，各族之間是否還團結。今年的外出巡遊已經圓滿結束了，就在龍王心滿意足地準備回龍宮的時候，他在東海海濱遇上了一隻青蛙。這隻青蛙比別的青蛙都長得大，翠綠翠綠的，而且見了龍王一點都不害怕。龍王覺得這隻青蛙很有意思，便在海灘邊坐下，和青蛙友好地攀談起來。

青蛙很有禮貌地問道：「我是第一次來到海邊，還沒有下過海，請問您居住的地方在哪裡啊？是什麼樣子的呢？」

龍王說：「我住在深海的龍宮中，那是用一塊巨大無比的水晶鑄成了，所以也叫水晶宮。裡面有很多間房子，亭臺樓閣應有盡有，還有些天然形成的鐘乳石，造型各異，晶瑩剔透，其他的地方我還用珍珠做了裝飾，整個龍宮永遠是金碧輝煌、珠光寶氣的。」

接著龍王又問青蛙：「只說我自己了，那你居住的地方又是什麼樣子的呢？」青蛙開開心心地回答道：「我最開始也是最喜歡居住的地方，當然就是我家鄉的山間小溪了，那裡的天永遠都是那麼藍，水永遠都是那麼清澈，還有那綠色的苔蘚和碧綠的青草，每次看到清涼的泉水從山間流淌在潔白的山石上，發出叮咚作響的聲音，那真是美極了！」說著，青蛙跳起來問：「龍王大人，您能告訴我您高興和發怒的時候是什麼樣子的嗎？」

龍王皺了皺眉頭說：「這個讓我想一想，龍王是掌管天地雨水的神祇，在我高興的時候，我就會考察人間的水量分配，看看哪個地方缺水，哪個地方不再需要下雨了。我會在適當的時間降雨給人間，使大家不至於乾渴，讓人間的五穀豐登。至於我被激怒的時候，首先就會刮起狂風，讓天地間飛沙走石，有時還加以霹雷閃電，所到之處萬物皆化為灰燼。」說完，龍王看看青蛙，問道：「不知你在發怒的時候又是怎樣表達的呢？」

青蛙說：「我沒有龍王大人那麼高的本事，如果我高興了，就可以找一片綠油油的麥田，在風清月明的夜晚唱歌，雖然嗓音不好聽，但是如果能找到很多朋友合唱一陣也是很好的；我要是生氣發怒了，就會睜大眼睛凸出眼珠子惡狠狠盯著對方，接著便鼓起我的肚子，表示我的氣憤。」

龍王笑道：「聽你這麼一說，我覺得你的日子過得很好啊！」

青蛙說：「您的生活聽起來也很不錯，不過話說回來，那樣的生活不太適合我，我的生活大概您也過不下去的。」

智慧人生

世上萬事萬物之間的差別是很大的，有多大能力就做多大的事情，發揮多大的作用，沒必要強求一個標準、一種模式。沒有最好的，只有最適合自己的，不管何時，做好你自己是一件重要的大事。

黃粱一夢——鏡花水月

唐朝開元年間，有一個書生名叫盧萃之，周圍的人都稱他為盧生。他自幼家境貧寒，為了擺脫這種境況，他拼命讀書，就是為了有一天能考取功名，衣錦還鄉。

盧生的文章寫的非常好，書館的先生說他來年的科考一定會榜上有名。

第二年科考的時間到了，盧生打點了一下自己的行裝便上京趕考去。為了節約旅費，路上他都是吃自帶的乾糧，睡最便宜的客房。途中在邯鄲的旅館投宿時，盧生遇見了一位道士。這位道士很神奇，盧生曾眼睜睜地看他將一朵花變成一錠銀子遞給店小二換了一間上房。道士當然也知道盧生看到了全部經過，便喚他來同住。盧生見道士好像沒有什麼加害之意，便不再推辭。

這些天，他睡柴房也睡夠了，於是兩人開始在屋內攀談起來。盧生得知道士姓呂，就稱呼他為呂翁，並向他感慨了一番潦倒的生活經歷。呂翁聽出了盧生言語中對榮華富貴的渴求心情，便拿出一個石枕遞給了盧生說：「讓你立刻大富大貴，我不能做到，不過讓你在夢中稱心如意一番還是可以的。躺在這個枕頭上睡一覺吧！你能得到你想要的一切。」

盧生覺得做個美夢醒來就吃飯也是個不錯的選擇，就接過了枕頭，很快就睡著了。睡夢中，他迷迷糊糊看到枕頭上用來透氣的孔洞突然變大了，枕頭也跟著越變越大，最後竟然變成了可以容一個人鑽進去的洞口，洞內閃著金黃色的光芒。盧生覺得很好奇，就鑽了進去。走了一段路，卻發現自己已經回到了家中。他好像記得自己要去參加考試，此時突然有人敲門。盧生開了門，看到本城最有名的一位媒人笑瞇瞇地和他說，城中富豪王家的小姐在某天燒香拜佛的途中對他一見鍾情，這次是來提親的。

王家小姐知書達理，美貌溫柔，是很多男人的夢中情人。盧生興奮不已，只是家中貧寒，這聘禮怎麼置辦呢？媒人繼續說，可以先做上門女婿嘛，王家就這麼一個獨女，只要你能繼承家業，將來家產不都是你的嗎？盧生覺得這話很有道理，便答應了這門親事。不久，便娶了王家小姐，從此過著富足的生活。

第二年他參加了進士考試，一舉得中，最初擔任的職務相當於皇帝的秘書。過了三年，他出任同州知州，得到了一份不錯的評價，然後又改任為陝州知州。這是個機會也是個挑戰，因為陝州連年遭災，河道淤積導致很大的災禍，幾任知州都沒有處理好。盧生親自擬定方案，召集民眾開鑿河道，終於使河道暢通，這使得他在當地百姓的口中備受稱讚。沒過多久，他被朝廷徵召入京，任京兆尹，管理京城的一切事物。

不久，邊境發生了戰事，盧生擔任邊疆的守備將軍。這次他親領兵卒開拓疆土，將敵人打回了國界線，並簽訂了對方稱臣的協定，因此又官升一級，任戶部尚書兼御史大夫。一群老臣不滿盧生官升的如此快，就暗地裡上書，說他沽名釣譽，結黨營私，一時間流言滿天飛。皇帝信以為真，下詔將他逮捕入獄。本來打算處死，幸虧他與皇帝身邊的太監關係很好，幫他說了不少好話，總算把他保了下來，改為流放到偏遠蠻荒的地方。

又過了幾年，京城發生了一件大案，大臣之間結黨營私的事情被皇帝查清，同時也瞭解了盧生被冤屈的真相。皇帝又重新起用盧生為中書令，封為燕國公，一時恩寵更勝往昔。後來，盧生和他的夫人一共生了五個兒子，都把他們培養成了國家的棟樑之材，盧家也成了當時赫赫有名的名門望族。盧生年老時，曾幾次向皇帝上疏請求辭職，都被皇帝用懇切的話語留了下來。在他臨終前，將自己一生經歷寫明並感謝天恩，不久就去世了。

這時候，傳來了黃米飯的清香，盧生打了個哈欠，然後伸了伸懶腰，突然驚醒，睜開眼睛四處望，發現自己正躺在旅館的床上，頭下是呂翁給他的石枕。此刻呂翁正含笑看著他道：「你夢醒了嗎？店主的黃粱米飯還沒好呢！」

盧生驚奇地問：「剛才的一切都是我在作夢嗎？」呂翁淡淡道：「人生的快樂極致你都體驗到了吧！覺得如何？」盧生悵然若失地說道：「我本來以為這些是我畢生所追求的，現在一看也不過如此，感謝您對我的指導。」

最終，盧生沒有進京參加考試，而是和呂翁一起修道去了。從那之後，再也沒人聽到過他的消息了。

智慧人生

金剛經有云：「一切有為法，如夢幻泡影，如露亦如電，應作如是觀。」所以，對於物質的追求不必那麼強烈，因為它們會像鏡花水月一般短促而虛幻，不妨暫且放下，去做一些更溫暖、更有意義的事情。讓自己的生活美好起來，而不是為了追逐空耗生命。

國家圖書館出版品預行編目(CIP)資料

陪孩子一起讀中國寓言 / 劉志哲著.
— 第一版. — 臺北市 : 樂果文化出版 :
紅螞蟻圖書發行, 2012.07
面 ; 公分. — (樂親子 ; 1)
ISBN 978-986-5983-15-4(平裝)

856.8 101013343

樂親子 001

陪孩子一起讀中國寓言

作　　　者／劉志哲
總　編　輯／何南輝
行 銷 企 畫／張雅婷
封 面 設 計／鄭年亨
內 頁 設 計／Chris' Office

出　　　版／樂果文化事業有限公司
讀者服務專線／（02）2795-6555
劃 撥 帳 號／50118837 號　樂果文化事業有限公司
印　刷　廠／卡樂彩色製版印刷有限公司
總　經　銷／紅螞蟻圖書有限公司
地　　　址／台北市內湖區舊宗路二段121巷19號（紅螞蟻資訊大樓）
電話：（02）27953656
傳真：（02）27954100

2012年7月第一版第一刷　定價／280 元　ISBN：978-986-5983-15-4
2016年7月　第二刷